MOXIAOYI
沫小翼★著

恋人投诉信

COMPLAINT ABOUT LETTERS LOVERS

新世界出版社
NEW WORLD PRESS

图书在版编目(CIP)数据

恋人投诉信 / 沫小翼著. —北京: 新世界出版社, 2011. 8
ISBN 978-7-5104-2037-5

Ⅰ. ①恋… Ⅱ. ①沫… Ⅲ. ①长篇小说-中国-当代
Ⅳ. ①I247. 5

中国版本图书馆 CIP 数据核字(2011)第155157号

恋人投诉信

作　　者: 沫小翼
责任编辑: 冀　晖
责任印制: 李一鸣　黄厚清
出版发行: 新世界出版社
社　　址: 北京市西城区百万庄大街 24 号(100037)
发 行 部: (010)6899 5968　(010)6899 8733(传真)
总 编 室: (010)6899 5424　(010)6832 6679(传真)
http://www.nwp.cn
http://www.newworld-press.com
版 权 部: +8610 6899 6306
版权部电子信箱: frank@nwp.com.cn
印　　刷: 三河市金元印装有限公司
经　　销: 新华书店
开　　本: 660×960　1/16
字　　数: 172 千字　印张: 14.25
版　　次: 2011 年 8 月第 1 版　2011 年 8 月第 1 次印刷
书　　号: ISBN 978-7-5104-2037-5
定　　价: 25.00 元

目 录

CONTENTS

楔子

清晨，阳光初露于薄薄的云雾之间，金色的光辉撒向地面，照亮了每个行走的、静止的轮廓。麦纳斯学院的校牌在晨曦的照耀下闪着金光，与朱红的瓷砖相映衬，仿佛都沉浸在这柔和的暖色调中。

郁郁葱葱的树随着轻柔的微风摇摆，发出沙沙的树鸣声，与早晨广播里播放的钢琴曲交织在一起，产生一种莫名的宁静、和谐。

但是，悠扬的音乐并没有持续多久，逐渐被“嗒嗒”的脚步声给掩盖了。空荡荡的操场上渐渐地被学生拥满，他们的目光都聚焦在一点，喧闹声冲天。

“很抱歉，过去的一年里，你们没能成功地干掉我！”

我拿着话筒站在主席台上，半眯起眼睛扫视了一番操场上黑压压的人群。那些扭曲的表情，在我看来总有那么一些搞笑。

“因为我还坐在学生会会长的这个位置上，所以，不管是凑热闹的新生还是老同学，请允许我再作一番介绍。”

我挑眉勾着嘴角扬起了笑，自动屏蔽了他们锐利的目光。我理了理自己校服的领口后，继续说道：“我，夏泽，作为麦纳斯学院的学生会会长，严禁学生在校内以游戏态度恋爱。如果你觉得自己身边有不应该在一起的恋人存在，请写明理由，将你的恋人投诉信送至特定信箱。它的具体位置在学校大门前直走100米，再右转50米处，老梧桐树边。我，以及我的搭档宿星，将在收到投诉信后，采取必要措施。我的行事目标是绝对不放过任何一对不合适的恋人。所以，在你们能够把我从这个位置踢走之前，这个信箱将持续有效。”

Chapter 1

光棍吧，花心大少！

01

学生会里一片寂静，阳光穿过敞开的窗户，肆无忌惮地在地上刻出一个个长长的影子。一叠叠的书本堆积在桃木的桌子及木地板上，宛如高低起伏的山峦一般。

桌子旁边的垃圾桶已经呈超负荷的饱和状态，食物的包装袋、饮料罐子溢了出来，散落在地面上，和书混在一块儿，宛如书报垃圾回收站一般。

而我，正坐在这些书堆之中，快速地扫视着这密密麻麻的一行行字。

一个月一次的缓慢连载，等了大半年终于熬到了最重要的时刻！

就当我沉浸在故事的高潮无法自拔时，紧闭的大门忽然被推了开来，没等我来得及把书放下，一个身影就蹿了进来，他灵敏地跳开了地上的书堆，带着笑容走到我的面前。

黑色的秀发如同丝绸一般柔顺，在阳光的照射下染上了柔和的金色，刘海下黑玉似的眸子盈着光，弯弯的嘴角，笑意充斥得异常明显。架在他高挺的鼻子上的那副黑框眼镜，配上他原本就有些细长上挑的眼睛，给人一种精明的感觉，而纯粹的笑容又给人增添了几分算计的意味。他散发出的气质配上那俊秀的脸庞，就宛如从漫画书中走出的人物。

“哦，不错嘛，你今天早上的演讲挺像回事的嘛，真有你的风格。”少年看了眼身边凌乱的环境，随手拉过了用麻绳捆起来的一摞书，一屁股坐了上去。

我想让他把屁股从我的书上挪开，可才张开嘴，手中的书本却被他抽了过去，少年为难地揉了揉自己的太阳穴。

“我说夏泽，虽然看些没营养的小说和漫画是你的爱好，我无权干涉，不过把学生会的办公场所弄得跟垃圾山一样，如果被包主任看到了，你可又要挨骂了。”

“首先，那些演讲词都是一大早包主任塞给我，让我背出来的，我才不会说出那么烂的演讲呢。其次……”我鼓着腮帮一手撑在桌子上，想要从他手里抢回书，但由于距离和个子的差距，我怎么都碰不到他，“不要闹了宿星，我好不容易才从包主任那儿把这些书拿回来。你快点儿给我啦！”

听到我叫他名字，宿星这才放下了捉弄我的心思。他把书还给了我，但另一只手却落在我脑袋上，使劲地乱揉了一通，好像我的脑袋只是一块烂抹布似的。

“原来你还有更帅气的演讲胎死腹中啊。不过……再帅气的话，一旦小说、漫画书被包主任扣押了，你也就什么都说不出来了吧?”

我撇撇嘴，不否认他的话。

我，夏泽，麦纳斯学院的学生会会长，当然只是挂名罢了。学生会的事务我没有操心过一次，全部的事务都是由宿星解决的。

而我大部分的时间则是待在学生会里，享受着悠闲的时光，看看小说，看看漫画。除了漫画、小说之外，我剩余的消遣也就是那个恋人投诉信箱。

所谓恋人投诉信箱，起初只是文学社的报刊投稿信箱，但后来经过包主任的策划、重新包装，变成了如今的投诉信箱。

朋友、同学对于身边的恋人有任何不满，都可以以书信的方式投诉他们，而我和宿星收到投诉信后，就会想尽一切办法拆散那些不合适在一起的恋人。

唯一得意的事情是，至今凡是我和宿星出手解决过的恋人，不仅没有一对坚持下来，而且旧情复燃的概率也基本为零。

我低头翻开小说，刚想接着看下去，学生会的大门又被“嘭”的一声推开了。

包主任一手撑在门框边，一手捂着自己的啤酒肚，气喘吁吁地怒视着我们。

“你们还在这里偷什么懒？投诉信箱都快被人给拆掉了！”

“哎？怎么会？”

我愣住了，倒是宿星比我先反应过来，他不由分说地拉住我的手转身就往外跑。

他跑得很快，害得我脚步踉跄了好几次，手中的书险些都要掉下来。

“慢，慢点儿！高潮部分我还没看完呢。”

“你还有心思看书？”

宿星无奈地看了我一眼，之后不管我喊得有多大声、多起劲，他都不再停下脚步了。

我被他一路拖到了教学楼外的那棵老梧桐树下。那里的确围了不少学生，他们手中拿着一切可砸东西的工具，从最脆弱的树枝到坚硬的椅子、废掉的铁棍子。

老梧桐树旁的木制信箱早就被砸得稀巴烂，根本看不出它原来是什么东西了，但他们还是不够解气，仍在不停地踹、打。

虽然我们还没靠近，但我已经感觉到了从那里传来的冲天杀气。

“学生会的人来了！”

不知道谁在人群中大喊了一声，同学们纷纷将目光转向了我们，他们现在的眼神比之前在操场上看到的还要锐利，甚至多了几分疯狂。

现场一下子安静下来，同学们都放下了手中的武器，唯有脸上愤怒的神情一如之前，丝毫不减。

“恶意破坏学校公物，蓄意扰乱学院秩序，嗯……在场的高三学生挺多的吧？如果现在记大过的话，可就撤不掉了。”宿星收起了之前的笑容，他眯着眼睛扫视了一下在场的学生，眼镜片上划过一瞬光亮，他狭长的双眸给人危险的预感，“我倒数三声，如果你们不能立刻从我眼前消失，那么……”

宿星的话没有接着说下去，我已经听到了有人倒吸冷气的声音。

“三。”

“学生会的！你们不要太过分！”

“二。”宿星的声音不响，但威慑力却足够掩盖那个男生逞强放大的声音。

“总有一天我们会抓到你们的把柄，你们这群恶魔就等着滚下台吧！”

“一。”

有宿星撑台面，我也不用多烦恼什么，拿起小说，翻到刚才高潮部分那页，低头分秒必争地看起来。我耳边还回荡着学生咒骂的声音，萦绕不散。但当我再抬头时，除了被丢弃散落一地的碎木头、烂树枝之外，那些同学的身影都消失得一干二净了。

素质真差，自己带来的垃圾也不知道带走，留下来等会儿谁打扫？

“早知道你可以解决，我就不来了。浪费那么多时间。”我抿起嘴，皱了下眉头。原本一点儿时间就可以解决的内容，结果到现在才刚刚看完。

宿星满脸无辜，他耸耸肩，斜眼看了下我手中的书：“你看完了？看完了追了半年的小说，感觉应该还不错吧？”

“烂死了。只是被同学胡乱教唆了几句他们就分开了，前面两个人在一起的半年时间全白混了。”我双手一拍，猛地合上了手中的书，“果然，没有什么恋人是经得起磨难的。谈恋爱根本就是在浪费时间。”

我抬头认真地看向宿星，他无奈地叹了口气，一手落在我的头上，像是在安慰我似的，又是一阵抚摸。比起之前玩弄的态度，现在他手下的力度放轻了许多，温暖而宽厚的手掌给人很舒服的感觉，但他难得地没有直接认同我说的话。

我像只猫一样，昏昏欲睡地享受着宿星的安慰，但安静的气氛总不能持续太久，一个女生弱弱的声音掺和了进来：“请问……你们?”

宿星随之轻咳了一声，连忙拿走了覆盖在我头上的手。

女生看上去十分胆怯，她手里紧紧地攥着什么东西，不大的眼睛小心翼翼地打量着我们，那表情好像是在看两个随时可能扑上去吃掉她的怪物似的。见没人回应，她更是尴尬地往后退了一步，深深地朝我们鞠了一躬，然后一个箭步冲到了我的面前，将手中的东西往我校服上衣的口袋里一塞，掉头如风般狂奔而去。

我木愣愣地看着她离去的背影，当视线越来越模糊，她变成遥远的一个黑点，我才茫然地从口袋里取出了她刚才塞进去的东西。是一封信，信封上画的是哆啦A梦正愉快地吃着铜锣烧。空白处写着：

恋人投诉信

学生会会长夏泽　收

“哦?开学第一天就有人来送投诉信?看来不仅踢台的人兴致高，就连配合的人兴致也挺高的嘛。”宿星扫了一眼封面，不带什么讽刺意味地说道，“不拆开来看看?”

我点头，撕开了信封的边缘，抽出了里面的信纸。

你好！

我是高二的一名学生，我曾听闻恋人投诉信箱这件事，所以希望你们可以帮助我。

我投诉的这对恋人，女方钟离是我的朋友。

她是个很善良的女孩，对人很好，但是她却喜欢上了与我们同年级的花心大萝卜——车南轩。

如果和他在一起时间久了，钟离会越来越喜欢他，总有一天一定会因为他见异思迁而受伤害。但是无论我怎么劝说，她都不听我的话，现在对我也不理不睬。

拜托，请你们帮助我，帮助我赶走车南轩。

"车南轩?"我看着信上的名字，不愉快地皱起了眉头。

他的名字我不是第一次看到了。之前也有这样投诉他的信件，上面都多多少少地说到他是个花心大萝卜。但他换女朋友跟换衣服一样，每次都还没等我和宿星出面，他就已经跟对方分手了。

至今我还没见过这个家伙的真面目，不知道他到底长什么样。究竟要长成什么样的脸，才能迷倒那么多无知的女生?

"算了，我看还是静观其变吧，或许几天后他们就分开了。"宿星从我手中抽走了信，那速度快得跟平时抢走我手中的书一样，我总是来不及反抓回来。

我鼓起腮帮，犹豫着摇了摇头："嗯，我觉得我们应该想个办法，让那些女生再也不敢接近这个祸害。"

"办法?"

"对啊，让他没办法再吸引女生！喏，宿星，你有想到办法吗?"我一手握拳捶向另一只手掌，但比起我斗志满满的样子，宿星却回了我一个苦笑。

“算了吧，我看他无敌得跟小强一样，他要是哪天不再招蜂引蝶，那天或者是世界末日，或者全世界就只剩下了一个女生。”

02

被宿星泼了冷水，我一个上午混沌得都不在状态，堆积满桌的新漫画和小说连载也都因为之前那本书的烂高潮，一瞬间失去了吸引力。

我百无聊赖地趴在桌子上看着时钟啪嗒啪嗒地走着，看着它缓慢地停留在11点整。

这个时候其他同学应该还在上课吧？自从有了恋人投诉信箱，越来越多的学生对我产生了抵抗心理，后来渐渐地变成我一出现在教室里，他们大多数人都会抗议上课。为了不造成多余的麻烦，最后我不得不一直都待在学生会里。不过，我不知道是不是该庆幸自己脑袋够聪明，只靠平时包主任帮我画些重点、补习一下，我也照样稳拿全校第一名。

“唉……”我轻叹了口气，条件反射地拿过了一本漫画书，还是决定再到老梧桐树那边想想有什么办法修好投诉信箱。

手中捧着漫画书，我一边扫视着画面，一边往楼下走，可才走了一层，我就在楼梯转弯处看见了一个黑影蹿过。虽然有一定距离，但我还是注意到了他身上穿的衣服，是我们学校的学生制服。

奇怪，学生会所在的地方离教学大楼很远，这个时间有谁会在这儿？

镇定，不可以打草惊蛇。

我抿紧了嘴，轻轻地合上了漫画书，身体贴在楼梯的扶手上，蹑手蹑脚地沿黑影跑过的方向往下走。

不见了？

学生会下面一层的教室全都上了锁，需要特别的钥匙才能打开，楼道里空荡荡的，连个虫子都没有。

啪——

就在我困惑是不是刚才眼花的时候，有个东西重重地拍在了我的肩膀上，我一惊，机械般地回过了头。

映入眼帘的是一张笑得跟花似的脸，他的眼睛弯成漂亮的弧度，睫毛浓密修长。他的皮肤是健康的小麦色，搭配齐肩凌乱散着的红发，充满了活力和野性。

少年的制服领口敞开着，露出了胸口的锁骨，他脖子上戴着一个用一条粗短的黑线穿着的只刻着几个英文字母的银环戒指，虽然被擦得很亮，但我一看就知道是那种地摊上的便宜货。真不知道他怎么敢这么明目张胆地把首饰戴在身上，还露得那么明显，如果被包主任看到，一定会遭到狠狠的批斗！

他笑得特别灿烂，可是不知怎么，我心里总有个警报在不断地响着、警告我，面前这个人很危险，就像漫画中那种腹黑的不良人物。

我下意识地朝他瞪了一眼，挪开了他放在我肩膀上的手："现在是上课时间，你怎么会在这里?"

"哈哈，不要紧张，我不是坏人。你也知道啦，逃课如果混在教学大楼里肯定会被包主任逮到的。所以我觉得还是这里比较安全。"

我还是第一次听到有人把逃课说得那么理所当然。

见我严肃的表情，他收起了一半的笑意，夸张地张大了嘴巴，两只手一同拍到了我的肩膀上："哎，小鬼，你不会是想把我送到包主任那儿去吧?"

"谁是小鬼？我高二了！"

他用诡异的目光将我上下扫视了一下，忽然哈哈地大笑起来。

"喂，你笑什么！"我猛踹他的膝盖。

"哈哈……你，你高二？你不会就是那个学生会会长夏泽吧?"

"很抱歉，我就是。现在，你这个逃课的家伙要跟我去见包主任。”

没错，我确定，我现在十分讨厌这个人。

又轻浮又邪恶。

我用足了最大的力气，拉住他的手腕，将他往楼下拖。

“啊，会长大人，麻烦你饶了我吧！包主任他很可怕啊。”

他明明有办法挣脱开我的手，但还是让我这么拽着他。一路上他都故意装出一副很害怕的样子，夸张地喊着，在旁人看起来就像是我在欺负他，可实际上只要回头看看他那张脸上挂着的笑容，很快就能明白，他在抱着玩弄的心态在戏弄我！

可恶的家伙！为什么我在学校里一年了都没有遇到过这样的人？

哼，如果早让我遇到，我一定让你在学校里交不到女朋友，处处碰壁！

我在心里愤怒地想着，不知不觉已经拖着他来到了教学大楼下。这个时候恰巧下课，原本空无一人的大堂渐渐地涌出人群，脚步声、喧闹声、打闹声如潮水一般袭走了死寂。

但这热闹没有持续多久，门厅又陷入了诡异的寂静之中。大家都纷纷停下了脚步，一动不动地盯着我看，因为大厅四周都布置着玻璃和镜子，他们的视线也因为镜面的折射变得更加强烈了。

站在那么多陌生的人群之中，反感的情绪一下子漫上了心头。

我只能拉着男生不知所措地站在门厅中央。

奇怪……为什么我突然有种很不好的预感？

忽然，一声刺耳的尖叫声穿破了人群，一个披散着长发的女生拨开挡在她面前的人，面带震惊地跑到了我的面前。她张大嘴巴，小巧漂亮的脸蛋因为惊讶而略微扭曲，她伸手捂住嘴巴。

“Darling……你千万别过来。”男生忽然放轻了声音，低沉的声音莫名地变得很有磁性，每个字都清晰得仿佛可以传到在场的每个人耳朵里，他朝那个女生眨了眨眼睛，露出了一副很苦恼的模样，“她说要带我去见包主任，拆散我们。”

哎？他在说什么？

我的确是有说要带他去见包主任，但我只是要报告他逃课罢了。我哪里说过要拆散他们？

而且……那个女生又是谁？

怎么她一听到男生的话，原本还有点儿血色的笑脸这下全然煞白了？

我一时不知所措，松开了紧抓着的男生的手，他立刻如箭一般直扑向女生，伸手大胆地搂住了她的肩膀，用她注意不到的角度，朝我做了个挑衅的表情。

太过分了！我竟然被他算计了！

但是……他到底是谁啊？

我用余光扫视了一番周围，终于在离女生有一段距离的地方，见到了一张少许熟悉的脸，她的表情挂满了担忧，飘忽不定的视线不断地在我和那个女生之间徘徊。

是她！早上给我信的人。

难道说……

“你就是……车南轩？”我握紧了手中的漫画书，目光顷刻变得锐利了起来。而他搂着的女生，就是钟离？

他不语，挂在嘴角那不容易让旁人发觉的笑已经无声地认同了我的问话。

“不怕不怕，我不会让她欺负你的。乖。”天知道他这话到底有多少是真心的。车南轩不断地抚摸着女生的头，虽然嘴上说着安慰的话，但在我听来简直就是在变相与我宣战！

一旁大气不敢出一声的学生在听到他这些话时，也仿佛瞬间壮了胆。他们交头接耳地窃窃私语，谈论的声音让门厅一下子嘈杂了起来。

“啧啧，夏泽不是被禁止在上课期间进入教学大楼了吗？怎么她又来了？”

“没人喜欢这家伙，就知道拆散恋人，早晚要遭天谴！”

“就是就是，以为自己是学生会会长，有包主任给她撑腰就了不起了。”

……

在这些闲言碎语里，车南轩的笑更加肆无忌惮了。

你这个浑蛋……哼，我夏泽，才不会向你这种垃圾认输呢！

我第一次气得身体都微微地颤抖，伸出拿着漫画书的手，直指向他，大声说道：“车南轩，你听着！现在我以夏泽的名义向你发出警告，若你继续如此，我必在一个星期里，让你失恋！”

“哦？”他挑眉，似是听到了有趣的笑话，他将怀里的人搂得更紧了，声音恢复了正常的声调，但依旧具有蛊惑人心的磁性，低沉，同时充满了不屑，“那就让我看看，你究竟有什么办法，让她舍得离开我。”

03

不记得我是怎么在愤怒得快爆炸的状况下离开教学大楼的，一路上，我总觉得同学们都在用指指点点的眼神盯着我，空气仿佛凝固了一般，让心压抑得难受。我还没来得及回到学生会，就见到宿星拿着大包小包的食物朝我这边匆匆跑了过来。

以最快的速度解决了午饭，他才问起了刚才的事。

“你见到车南轩，向他宣战了？”

我认真地点头：“他把我当白痴耍，逼着我反击。”虽然不知道他出现在学生会是故意还是偶然，但是我肯定，刚才他是故意把情况弄得如此糟糕，让我不得不说出这样的话，“他不但不把恋爱当回事，还当做有趣的游戏，我一定要让他后悔，让他在高中生涯再也交不到女朋友，最好以后碰到女生就有阴影，后悔死他！"

我说完，用力地抽过面前的一本小说，摊了开来。

宿星见我这副生气的模样，问道："那你打算怎么做？"

"不知道。"我低头看着小说，用严肃的口吻老实回答道。

"不……不知道？那你还敢跟他说一个星期之内？"宿星提高了嗓音，一手猛地盖住了额头，无奈地长叹了口气，"另外说一句，别指望包主任，这件事他可能帮不上忙了。车南轩家里的势力不是我们学校任何一个老师能够惹得起的，所以他才敢这么乱来。"

"哎？一向邪恶至极的包主任都不敢惹他？"

包主任，虽然和古代包拯只有名字上的区别，但却是一个在学校里让人闻风丧胆的"邪恶化身"。传闻，一堆人从他面前走过，他只要扫一眼，就能在里面发现有多少对恋人，而且正确率达百分之一百。他来到麦纳斯学院的这七八年里，拆散恋人的手段不多，但每次都能成功，被拆散的恋人更是多得数不胜数。

我心目中一直敬仰的牛人，竟然也有不敢拆散的恋人……

这话说出去简直太丢人了！

"啪——"

我一手用力地拍在桌子上，想要表达我的义愤填膺，但太过用力了，疼得我急忙将手收了回来，狼狈得直甩。

"既然包主任不会帮忙，那我们就自己想办法。"

"你没事吧？夏泽……"

"要拆散一对恋人，先从他们身边的人开始，散播致命的流言也是必要的！"

我想到了早上那烂死了的小说连载，瞬间有种很认同的感觉，但宿星听到我这话，头痛的表情更加浓重了。

这个世界上有什么会让车南轩感到害怕的谣言？如果说花心也算的话，或许他会厚脸皮地直接把它过滤成赞美，显然从他身上下手绝对是无孔能入。

我苦恼地思索了一天。第二天中午，被损坏的投诉信箱修好了，但我仍旧没有任何思绪。听到风声的包主任故意找了一堆事务把宿星支走了，好像我真的会得罪车南轩，弄出什么麻烦。

烦躁地看着空荡荡的投诉信箱，我意外地碰到了之前送投诉信的女生。她谨慎地看着周围，确定身边没有其他人了，才胆怯地走到我的身边，小声问我："你好，请问……你想到办法了吗？"

"很抱歉，没。"我懒散地靠在了投诉信箱边，翻开了小说，决定在里面寻找有什么拆散恋人的情节。

"那个，我有一个办法，不知道……"见我不温不火的态度，她的声音更加飘忽不定了。

我猛地抬头看向她，却看到了她满脸的恐慌。我……我有那么可怕吗？

"你有什么办法？"

我往前走了一步，她很配合地往后退了一步。

"其实是这样的，据我所知，车南轩虽然很喜欢玩，但同样很讨厌频繁的麻烦，如果你能跟在他旁边，到处给他制造麻烦，他一定会不耐烦，最后放弃。而且……"

"而且？"

"虽然车南轩不太怕你，但是我想，除了他，大家不太敢和你靠近，如果你在他旁边，那我的朋友应该也就不敢轻易接近他了。"

喂喂，虽然是你给我出主意，但是别说得我跟个恐怖的大怪物好不好？

我忍不住白了她一眼，这丫头竟然脸色煞白，慌张地又再次朝我鞠了一躬，掉头就跑。

只是她跑得太急，根本就没注意到前面有人走过来，身体重重地撞了上去，直接仰面，难看地倒在了地上。

“你不要紧吧？”

我见状赶忙跑了过去，却看到了车南轩嫌弃地皱了下眉头，带着身旁的钟离往女生摔倒的方向挪后了一步，同时也阻止了钟离想要拉自己朋友起来的动作。

看到钟离脸上为难的表情，我咬牙切齿恨不得一脚踹到车南轩那只咸猪手上。

“啧啧，看看我们遇见了谁？”他满是不在意，摆出了一副很欠揍的表情，“我亲爱的会长大人，难道苦肉计也是你的方法之一？不过苦肉计似乎要本人参与才会比较合适吧？”

“哼，你以为你是谁，对付你我用得着苦肉计？”我愤愤地说着，遇到那么多人，我还是第一次碰到像车南轩这样厚脸皮的家伙，能够让人的怒火瞬间被点燃。

“哈哈，的确不用。你往我面前一站，我就觉得够麻烦了。”车南轩轻笑，有意无意地说了一句。

我想起了刚才她说的“车南轩特别讨厌频繁的麻烦”这句话，不悦地皱起了眉头。

“我看上去很麻烦？”

“哎，这话可不是我说的。你可别随便给自己扣帽子。”他连忙为自己撇清，又直接地肯定了我的问话，这种拐弯抹角的说法让我更加气得牙痒痒。

不要气，夏泽！

虽然他的确很欠扁，虽然他这种轻浮的人应该被碎尸万段，但是他的话让我很快明确了一点。

我站直了身体，咧着嘴用我看上去最得意的表情看向他：“虽然我很讨厌你，但是我想我知道该怎么对付你了。”

对方一愣，显然没有明白我在说什么。

我冷笑着，转身就往教学大楼的方向跑。身后沉默了一会儿，才听到车南轩冲着我大喊："你别跑啊，你知道该怎么对付我了，应该是我吓得逃跑才对吧?"

浑蛋，谁说我是吓得逃跑的?

我夏泽天不怕地不怕，怎么可能怕他这个家伙!

因为天天待在学生会里看漫画、小说，从来不锻炼，所以仅仅只是快跑几步，我就喘得上气不接下气了。在我脑袋缺氧得厉害快要昏厥的时候，我终于到达了目的地。

我单手猛地推开了微掩的大门，不理会里面人诧异的目光，径直走了进去。

广播室，全校信息传达最快的地方。

或许是因为刚刚跑得太快脑充血的缘故，我的眼神也变得凶煞了起来，只是随意地瞪了一眼坐在喇叭旁边睡觉的学生，他就吓得乖乖让了位子，躲得老远。

我踢开椅子，握住麦克风，清了一下嗓子，然后打开了全校的广播，将喇叭的音量放到了最大。

"我，学生会会长夏泽，在此宣布一则通知。即刻起，学生会成立一个新部门——恋人投诉部，会长是我，副会长是宿星，顾问老师是包主任。并且，经过本人反复的深思熟虑，本校学生车南轩被允许进入学生会，成为恋人投诉部成员。如此，希望各位同学支持。"

我勾起了嘴角，潇洒地关掉了麦克风的开关。

04

我悠闲地坐在广播室看着随身携带的漫画书，在公告放出去不到五分钟，大门再次被踢了开来。车南轩气喘吁吁地站在门口，用手指着我，半晌都只顾着喘气，没来得及说出一句质问的话。

"哦，不瞒你说，你现在的表情是我所看过的画面里最搞笑的。"

"你是不是脑袋被门夹过了？还是思维出现混乱了？让我进入学

生会？还让我去你那无聊的恋人投诉部？你有没有搞错？我只对谈恋爱有兴趣，可没有拆散恋人的这种变态癖好！”他好不容易喘上了口气，说话就跟开机关枪一样。

我抓抓耳朵，直接无视他的愤慨：“不好意思，我已经把话发出去了，现在你就是我们的成员了，虽然你现在有恋人，不过根据工作需要，请你立刻打光棍。”

“让我打光棍？你做梦！”他想都没想就直接否决了我的“好心”提议。

车南轩气呼呼地转过身就要离开，完全没注意有人朝他这边走来，脑袋直接和面前的人撞了个正着，“嘭”的一声，砸得他的脑袋发晕。

而他面前的人不是别人，正是面带怒色的包主任。

他油光发亮的额头被撞得透出了一丝红意，刚张嘴想骂对方不长眼，可在看到车南轩之后，嘴边的怒话又咽了下去，换成了难得一见的亲和表情。

“哎呀同学，你没事吧？脑袋有没有撞伤？晕不晕？要不要我叫人送你到卫生室休……”

“不用！”天知道车南轩到底有几个胆，直接无视包主任的示好。他回头怒瞪了我一眼，迈着重步就要离开。

“你走慢点儿，被吓得想跑也要注意脚下啊！”我愉快地喊着，还没说够，就被包主任的话给堵了回去。

“你在乱搞什么！什么恋人投诉部？为什么我从来没有听说过！”包主任顶着孕妇般的啤酒肚朝我这边直走，我会意地让开了座位。广播室的男生一见到包主任，脸吓得更加惨白了，连滚带爬地就往外面跑。

转眼间，广播室就只剩下我、包主任和宿星了。

宿星还是挂着那副无奈的表情，耸耸肩膀，走到了我的身边。

“我也是刚刚决定成立恋人投诉部的。不过这都是早晚的事，本来那个信箱就归我们三个人管，不是吗?”我一手握拳为自己鼓劲。包主任听到我的话后，分不清情绪地哼哼了几声。

“你要这么做我也随便你，但是你把车南轩拉进来干什么?这个家伙可不是我们惹得起的。我们学校的图书馆、电脑房可都是他家的企业捐的，还有那个……这个……”包主任喋喋不休地说着车南轩家里给学校的各种各样的好处，我听得直想挖耳朵。

反正我话都说出去了，泼出去的水难道还能收回来不成?

就算可以，我还不要咧!

见我不理会他，包主任倏地直接从位置上跳了起来。宿星急忙拉住他，将他重新按回了位置上。

“包主任你别急，这件事交给我和夏泽，我们保证在最短的时间内解决，不会造成任何不良影响。”说罢，宿星对我使了个眼色，我心里轻哼了声，还是跟着连连点头了。

当然会解决掉，连同车南轩这个可恶的大萝卜一块儿解决掉是我的最终目标!

在宿星左一句“没问题”、右一句“请放心”的话后，包主任终于歇了气，丢了句“我等你们的结局”，便迈着啪嗒啪嗒的脚步声离开了。

宿星习惯性地把大手盖在了额头上，用中指和大拇指来回地按着两边的太阳穴：“你想到怎么对付车南轩了?”

“嘿，暂时只想到这里。不过我发誓，我绝对不会让他好过。”

“你这家伙，有时候觉得你挺聪明的，但是有时候就……唉，算了，走一步算一步吧。”

车南轩，身为学校无人不知、无人不晓的花心大萝卜，虽然有能耐让每个女生都跟瞎了眼似的喜欢上他，但被我这么一搞，车南轩的好日子算是全完了。

“哎，你听说车南轩的事了吗?”

“听说了，广播声音那么大，怎么可能不知道? 你看，这个家伙现在进入恋人投诉部了，还有哪个女生敢随便找他恋爱啊? 有夏泽那个硕大的电灯泡在，谁想自找麻烦等着被拆散啊。”

“我看未必，被拆散的女生那么多，车南轩绝对是老鼠掉进了米缸，直接等着抚慰受伤的女生心灵，近水楼台先得月，天大的好时机啊！”

……

学生们纷纷讨论着关于恋爱投诉部和车南轩的事，虽然偶尔有一两句提到我的变态，但这都不是重点！

我愉快地捧着漫画，也不知道是心情好还是这期漫画连载得特别有质量，连周围人看我的诡异目光也被我轻易地无视了。

我正走在去往食堂的路上，这种人多的地方以往我都是能避开就避开，但是这次，能怎么高调我就要怎么高调地去！

我收起了手中的漫画书，挑眉看了眼面前的食堂大门，挂上了笑容，径直往里面走。

“Darling，在和我吃饭的时候你看着别人我会不开心的哦，我希望你的视线一直都围绕着我……”车南轩含情脉脉地看着钟离，他不停地朝着她眨眼。但钟离的表情实在僵硬，根本不理会他，手中的筷子停住了，吃也不是，不吃也不是。

“可是，夏泽她……”

没错，我正站在他们身后，脸上带着我最阴险的表情。

闹哄哄的食堂自从我进去之后变得鸦雀无声，原本那些一对对亲密的、不断用眼神交流、甚至搂在一块儿的情侣全部以最快的速度分得很远，完全撇清关系。唯有车南轩这家伙还厚脸皮地蹭在钟离的旁边，跟个牛皮糖一样，不管大家的表情有多难看，他统统屏蔽。

“你管她干什么，来，啊……我还没吃饱呢。”

“既然车同学兴致那么高，那作为学生会同部门的伙伴，为培养我们之间的友好默契度，我们就一块儿吃饭吧。”我黑着脸，一屁股在他们中间坐了下来，阻挡了车南轩欲让钟离喂他的动作。

“喂，夏泽，你妈没教过你啊？别人亲热不要胡乱打搅！”车南轩终于不悦了，他一脚踩在了我椅子旁的铁杆上，露出了副“这里我是大爷，你给我识相点儿”的表情。

我怕他，我就不叫夏泽！

“不好意思，我妈只教我，好孩子不要乱谈恋爱，容易导致智商急速下降为零。比如车同学你这样。”我不屑地笑着，冲一旁不知所措的钟离摆了个手势，“这位同学，能不能麻烦你帮我打个饭？千万别客气，饭钱直接算在这位车同学身上就行了。”

“我希望你客气点！”我听到了车南轩磨牙的声音，明明气得不行，但他还是死霸着位子不走，好像谁先离开了就是谁先认输似的。

我心里直哼哼，拿出漫画书旁若无人地看了起来。

05

要知道，旁若无人，这是一种境界，但是厚脸皮，又是另一种境界。

而车南轩绝对是在现场向人表演了这句话不止一遍。

“啧啧，Darling，原本我一直觉得学校食堂的午餐很糟糕，但是现在我才知道，原来只要是你夹给我的，就算是再糟糕的食物，都会瞬间变成五星级酒店的水准。”车南轩一边津津有味地咂着嘴巴，一边不安分地朝着钟离放电。可对方的脸色一如之前般难看，煞白得没有血色，丝毫没有被车南轩赞美时应该有的喜悦表情。

她僵硬地点了点头，目光游离地往车南轩这边继续塞食物，完全没有注意到他已经不想再接着吃下去的表情。

哈哈……要一个大少爷吃学校便宜的午餐，还吃掉大半的确是为难他了。

我斜眼看了下钟离满满的餐盒，原本做电灯泡的愉快心情又被不爽占领了。车南轩这个家伙光顾着让女朋友喂，都没有注意到她连饭都没来得及吃上几口！

这样只会说好听话的家伙，怎么会有人喜欢他嘛！

我皱眉，抬了下拿着漫画书的手，书本直接撞到了钟离伸向车南轩的手，筷子突然失去了平衡，从钟离的手中滑落，筷子上夹的食物更是直接就砸在了车南轩的脸上，油腻腻的红烧酱汁贴在他的鼻子上，顺着高挺的鼻梁轮廓往下滴淌。

“哎呀，真不好意思啊车同学，一直都这个姿势，我肩膀有点酸。”我装模作样地动了动肩膀，用漫画书轻敲手臂，听不清车南轩念叨的咒骂，于是故意一手放在耳边，“你说什么车同学？你说红烧肉的味道不错？嗯，我了解，你鼻子都闻得那么彻底了，我相信你说的话。”

说完，我快速地从他盘子里夹走一块红烧肉塞进嘴巴里，用很认真的表情咀嚼着，然后对着车南轩笑得特灿烂，得出了我的结论：“嗯，我想，所谓五星级酒店的味道可能跟品位有关系，你说是吧，车同学？”

“你不要太过分，夏泽。”终于，车南轩沉下了声音，收起了刚才油嘴滑舌的腔调。他用力地拿着纸巾擦着自己的鼻子，但是油腻的痕迹仍旧明显，他的眉头极为不悦地蹙起。

“没有啊，大家以后都要在一块儿工作，一起吃个饭怎么能叫过分呢？”

我拿着漫画书在他面前扇了扇，意思让他消火，但我更希望他的火可以烧得再大一点儿。

一旁的钟离感觉到了我们之间蔓延起的火药味，浓重得让她终于没办法再沉默了。她站了起来，以最快的速度收起了面前的食物，然后战战兢兢地看向了车南轩："那个，我们可不可以……"

"你闭嘴！"话未说完，就被车南轩直接打断。

他现在也顾不得做绅士了，一把拍掉了我手中的漫画书。

书落在地面，啪嗒的声响在整个食堂里回荡。原本只是畏惧得大气不敢出一声的小情侣们此刻都溜得没了踪影，食堂顿时空了大半，剩下的只有些不怕死、爱看戏的人。

"夏泽，你到底想怎么样?"

车南轩站起来，手撑在桌面上怒视我。

"我之前不就说了吗？不管是我收到了关于你的投诉信，还是你作为恋人投诉部的成员，我都建议你最好打光棍。否则嘛，嘿……我们可以好好切磋切磋，反正大家都是一个部的，对吧?"我在"切磋切磋"四个字上咬重了音。

"那就麻烦你打消这个主意吧！要是你有办法让我沦落到打光棍的地步，我车南轩跟你姓！"

"哦？那我就期待叫你夏同学的那一天啦！"

我满脸无害地对他笑着，车南轩一连喘了好几口气，脸上愤怒的表情才终于被压制了下去。他大摇大摆地握住了在一旁惊吓过度的钟离的手，也不理会满桌的餐盘，拉着她就往食堂外走。

在走到门口的时候，他异样地停了下来，回头，一手握拳大拇指朝下，高傲地微抬起了头："凭你？不可能。"

"喊，那就等着瞧。"

Chapter 2

毒舌少女的革命宣战

01

这个世界上只要有人的嘴巴，就算没有电视，没有任何媒体，流言也会传播得像蟑螂一样迅速。食堂的事很快就传到了包主任和宿星的耳朵里。我又被包主任做了一堆思想工作，而宿星除了对着我叹气还是叹气。

“明知道包主任不敢惹车南轩，你还一次次地冒犯他。唉。”

“明明是他先来惹火我的。像他这样的垃圾，绝对不能让他有好日子过，否则就太对不住那些被他残害的女生了。”我捧着漫画书，一边看着里面的内容，一边对着宿星认真地说道，“我现在可是努力地在制造流言，让众多女生都意识到，跟着车南轩就等于是惹上了一个大麻烦啊！”

没错，流言不分正面还是负面，只要能让车南轩的小日子变得混乱，或者更加麻烦，那都是成功的！

“据我现在的观察，钟离对车南轩的喜欢绝对在速减，以她的性格，绝对受不了被那么多人关注着，指指点点……嗯？宿星你别老叹气，加速老年化哎！”我又看到他在揉太阳穴了，急忙挥着手中的书凑到了他的面前，岔开话题，“你是不是读书读得太用力了？我说你还是放弃吧，你那英语是被诅咒的，花再多的时间也注定会挂科。”

宿星什么都很厉害，唯独英语，每次考试不管是简单还是难，他都会以一分之差挂上红灯。倒不是他的英语很烂，说来也奇怪，他每次只要在考试之前，眼镜都会出问题，不是一跤摔坏，就是忘在某处没拿走，总之就像是被诅咒了一般。

也不知道是不是错觉，宿星似乎在听到我这话后，揉得更用力了。

就在我刚想再说上几句话安慰他的时候，学生会办公室的大门忽然被人急匆匆地推开了。

“同学，这里你不能来，如果有什么事请先跟我们通报行不行?”学生会其他的同学也从楼梯处快跑了过来，他们想要拉走贸然闯进来的女生，但是她死抓着门框不放，嘴里大喊着说有事要找我。

哎？这个人不就是投诉车南轩的钟离的那个朋友吗?

“等等，你来这里干什么?”我皱眉看着她。

见我和她说话，其他同学立刻松开了手，以风速往后退出了一段距离。

“求你，求你帮我，钟离……钟离她被其他女生围攻，我，我不知道该怎么，我……”

“什么？你慢慢说，钟离被女生围攻?”我走到她面前，习惯地用漫画书拍拍她的后背想帮她顺气，只是一时没控制好手中的力度，她身子被我拍得往前一倾，踉跄了一步险些摔倒。

“那些女生说是钟离暗中联合学生会的人，陷害车南轩，我、我……”

“你就吓得来找我们了?”宿星听出了她未说完的话，轻声问道。

她连连点头，目光里满是着急和无措。

“我们学校的女生什么时候也变得跟小说里的女生那样，那么烂俗了？摆起了女子黑帮?”我一手握拳，捶向了另一只掌心，嘴角勾起了邪笑，“我们去看看，宿星……说不定会有好的发现。”

在钟离朋友的带领下，我们找到了钟离被女生围攻的地方。哈……还真够没创意的，地点是女厕所。

好歹也撬一下天台的门，去那上面谈判会比较有感觉吧？

我心里暗想着，扫视了一眼堵在女厕所门口的男男女女，他们注意到我的视线后立刻散到两边，留出了一条特宽敞的道路给我。

“宿星，你留在外面观察，里面就交给我吧。”鉴于女厕所他进去不太方便，宿星虽然有再多的不放心，最终还是认同了我的安排。我拉着颤颤巍巍、不知所措的钟离的朋友大步流星地走进了女厕所。

“还说你没有！车学长脸色那么难看难道不是你害的？你以为你有几分姿色啊，竟然敢陷害车学长，哼，气死我了。”

“你装哑巴啊？我们才不吃你这套呢。快点儿，老实交代，你是不是陷害车学长？”

“真应该让车学长看清楚你这讨厌的模样，早点儿把你甩了，也不用这么麻烦了。”

尖细的声音真够刺耳啊……

这种谈判的感觉就像是在威逼钟离承认，亏她能一直坚持到现在还咬紧牙关不肯说，这毅力真不错。如果把这种毅力放在拆散恋人上，绝对是个好帮手，可惜啊……竟然看上了车南轩这样的蹩脚男生。

我心里啧啧着，拿着漫画书拍了一下墙壁，意示她们不要再沉醉于其中，无视我的存在了。

她们见到我，原本嚣张的脸色僵硬了几秒，然后又露出了嫌恶的表情。

“还说你没有串通学生会的人，你看她是谁！”带头的女生猛地一脚踹在了钟离身旁的墙上，她已经吓得六神无主了。

“我真的没有，不是我。”

“拜托，我是专门拆散恋人的，哪有让人去做恋人的可能？用你们差劲的脑袋想想也应该知道嘛！”我用受不了的表情看着她们，熟练地翻开了漫画书的某一页，指着上面一眼看上去就知道是丑角的人物，比画着她们，然后惊讶地张大了嘴巴，“你们是不是去过那个画家的家里啊？怎么他能那么神奇地还原了你们的容貌？喏喏，你看看是不是很像？”

我边说边指着漫画书上的人物伸到钟离的朋友面前，她不知道该说什么，只能配合我点头。

我看到她的回应，哈哈大笑：“你看你看，群众的眼睛是雪亮的。你们也就这点儿姿色，但是比起钟离呢，差了那么一点儿。”我伸出手指比了个“八”的手势，“不好意思，其实我想伸开我的手臂来表示的，不过我怕有人会误会，我想拥抱你们，这样可就糟糕了，我还是有审美观的。”

“夏泽！”

又是这尖细刺耳的声音。

我掏掏耳朵，满不在意地说道：“在。不过你们的紫金红葫芦在哪儿？没有的话可就收不了我咯。”

“你不要太得意！车学长总有一天会让你见识到他的厉害的！”

谅她们也不敢把我怎么样，女生气得直跺脚，最后还是丢下句很烂俗的话，灰溜溜地带着自己的同伴离开了。

“嘿，我希望他现在就给我看看他的厉害。否则玩起来就太没意思了。”我挑眉，不屑的口吻更加明显了。

目送着她们离开女厕所时，我在门口看到了一副看好戏状的车南轩脸上一闪而过的失望，看来没闹出什么事情他挺失落的。离开的女生们见到他已经站在这里，分不清是生气还是紧张得满脸通红，刚才还太妹的姿态立刻换作了羞涩，朝车南轩抛着媚眼小碎步地跑开了。

唉……

我轻叹口气，走到钟离面前，拿起漫画书，对着她的脑袋用力地一记敲打。

周围的人都没料到我会这么做，抽吸的声音特别明显。

“你干什么！”钟离的朋友跑了上来，她刚才还吓得发抖，天知道现在她是怎么有勇气冲上来跟我说这句话的。她伸手想要扶跌倒在地狼狈不堪的钟离，但是被她冷冷地推开了。

“啪——”她想自己爬起来，只是脑袋又被我拍了一下，整个人彻底地愣住了。

我用鄙夷的目光扫视了她们一番，摊开了双手：“哎，别用这种呆滞的眼神看我，我可什么都没做。”

“你……”

“我只是为某些脑袋迟钝、分不清谁好谁坏的家伙感到恼火罢了。”我悠悠地呢喃着，斜视着站在门口不为所动的车南轩，他也正在看我，似乎想要看我最后怎么收场。他脖子上挂着的银戒指项链晃得我难受，我下意识地眯起了眼睛，“难道我刚才打到你了？不好意思，我只是想拍个蚊子，这个蚊子又大又难缠，一不注意就会被它趁机吸走一口血。唉，如果不及时打掉，等红肿了一个包才后悔没有用蚊香，那就迟了。”

我低头，难得地用手替钟离拍了拍肩膀上的灰尘：“这种祸害还是早点打掉会比较好。蚊香的气味虽然不好闻，但也不可以轻易丢掉啊。”

02

我也懒得再跟她说下去，站直了身体理了下校服上的褶皱，翻开未看完的漫画。

与此同时，钟离也站了起来，她快步走出女厕所。车南轩见她朝自己走来，展现出往日灿烂的笑容，张开了双臂。

“Darling，看来你没事了，抱歉，我来晚了点儿，现在我们……”

“啪——”手掌拍过某物发出了巨大的声音，同时也淹没了车南轩未说完的话。

他笑得灿烂的表情顿时被震惊覆盖，小麦色脸蛋的一边隐隐泛起了红光。钟离的手停顿在半空，散乱的长发遮挡了她的面部，根本看不清她此刻的神情。

我翘起嘴唇，一瞬间突然有种想吹口哨的冲动，但无奈嘴光嘟哝着，就是发不出个潇洒的音。

钟离瘦弱的身板略微颤抖，她在努力地压制着什么，她的朋友急忙扶住她的肩膀，想让她镇定。

这种尴尬的死寂一直持续了好几秒，就在大家都惊讶于钟离刚才那一巴掌时，她的声音清幽地响了起来：“我想我们不合适，所以，分手吧。”

Oh Yeah！

她的声音有些打战，但最终还是顺利地把这句话说出了口。

我在心里为自己做了个胜利的姿势。四周还是沉默，他们，包括车南轩都没有反应过来到底发生了什么，只是茫然地看着钟离和她的朋友一点点地离开视线。

“哦，恭喜啊，车同学，在你进入恋爱投诉部的第二天，我向你发出警告的第三天，你终于成功地打上了光棍！”我三步并作两步冲到他面前，握起他的手连连祝贺，“为了庆祝你终于打了光棍，我们再去食堂庆祝一下？虽然没有了五星级水准的那只手，不过既然是光棍了，我们就不要在意那么多了，是吧？啊，不对，我现在应该改口叫你夏同学！喏，夏同学？”我伸手在他面前晃，还不断强调着“光棍”二字。

终于，在我期待的目光下，他总算反应了过来。

这次，他再度换上了凶狠的眼神，猛地拍开了我在他面前乱晃的手。

“哼，要我光棍，你做梦！夏泽，你给我等着。”他咬牙切齿地说着，这话听上去怎么都跟刚才那几个女生离开时说的话有几分雷同。

我咧着自己最得意的笑容，不停地朝他扭头离开的方向直挥手：“好呀，我等你啊。不过麻烦你速度快点儿，我可等不到地球毁灭的那天！”

等到地球毁灭的那天？哈……拿这个来诅咒车南轩这样的家伙真是一点儿用都没有。

第二天，车南轩特得意地搂着之前那个欺负钟离、声音特尖的女生大摇大摆地走进学校，熟视无睹地从我面前走过。

他见到了我怒火中烧的目光，终于抬头看向了我：“呦，我说是谁的眼光那么扎眼呢？原来是我们的学生会会长啊，虽然你在很努力地掩藏，不过请不要用这么暧昧的眼神看我，我家亲爱的可是会误会的。”

前一个Darling，后一个亲爱的，这家伙的嘴巴能不能不要那么恶心……

还有……暧昧的眼神？

滚！我明明就是想要用眼光杀死他！

“别，你千万别误会，要我拿暧昧的眼神看你，你这辈子不用想了，下辈子估计也不可能，因为下辈子你可能做不了人，此生积怨太多啊，车同学。”我语重心长地说道，拿着小说在他肩膀的上方腾空拍了拍。

我能看到他额头上隐隐暴出的青筋，但是碍于四周还有人围观，又刚交了女朋友，他还是克制住了。看着他这扭曲的表情，我刚才的不满顿时烟消云散。

“车学长，我们不要理她，走。”声音特尖的女生拉住车南轩的手，就要离开。可没走出一步，就被我直接拦了下来。

“哎，你想走行，不过这位车同学可不行，既然作为恋人投诉部的成员，我希望车同学配合一下我们的工作。”说着，我伸手指了一下恋人投诉信箱的方向。其他看戏的同学一听我这么说，顿时鸟雀纷飞，转眼间就消失得不见踪影，仿佛多停留一秒，他们就会受到牵连。

车南轩整理了一下自己的表情，恢复了往日轻浮而灿烂的笑容，又重新搂住了他的新女友：“好，亲爱的也不是外人，我们一起去。”

03

以前投诉信箱都是宿星跟我去查看的，这次莫名地多出了两个人，我总觉得哪里怪怪的，琢磨了半天才反应过来……

唉！我们是拆散恋人的，让一对恋人肆无忌惮地跟我去看这个信箱，这绝对是公开挑衅！

没等我回击，我忽然看到恋人投诉信箱旁有个鬼鬼祟祟的身影。放轻脚步走近几步，逆着光，我终于看清对方的容貌，是个长相很普通的女生，扎着个马尾，戴着一副斯文的眼镜，唯一与她普通外貌不相符的就是她手中的榔头了。她正对着投诉信箱，高高地举起榔头，好像随时准备往下敲去！

嘿，太搞笑了，最近大家都喜欢上搞破坏了，决定轮流分班次来敲坏信箱？

斜眼看了下车南轩，他也注意到了那个女生，脸上挂满了期待的表情，那种旁观看戏的神色和昨天在女厕所门口看到的如出一辙。

烂人……一有麻烦事就和自己撇清关系。

我在心里评论着，然后加快了脚步，冲着高举榔头就要挥下去的女生大吼了一声："喂，你要干什么？"

她一听到我的声音，手中的榔头"砰"的一声掉了下来，正砸在信箱上方，直接砸出一个大洞。

我的天……还有完没完了？

我扶额，用书直接挡住了她要捡榔头的手，然后阴沉着脸直视她："破坏学校公物，你胆子不小！"

女生听到我的声音全身都在哆嗦，她慌神地连连摇头，想要往后退步，可是偏偏脚步怎么都平稳不下来。她狼狈地直摔在地上，还在不停地拼命摇头。

"哎，我没逮到你？你摇头表示你是被陷害的吗？难道我亲眼看到的还有错吗？还是说你想让我承认自己眼睛有问题？"

"不是的，我只是……只是……我不是故意要弄坏它的，我……"她已经语无伦次了，天知道她到底要表达什么。我皱着眉头听了半天也没听懂，最终还是决定放弃。

"哎，有什么话你到学生会再说吧，我没心思跟你废话了。"说完我就想要去捉她。但是我怎么也没有想到，狗急了都会跳墙，更何况是个人！她突然反应了过来，以灵敏的速度一个俯冲，捡起榔头丝毫不带犹豫地往我伸过去的手背猛敲去。

"啊哦——"我痛得张大了嘴巴，可惜疼得一声都发不出来，无言地在心里直喊。

造反了？她竟然敢拿榔头敲我！

我这个可是手，人手！她当是跟信箱一样的木头啊？

我吃痛地捂着被她敲得已经痛得发烫、僵硬得无法动弹的手，我确定我此刻的脸部表情一定扭曲到了不可思议的程度。

而车南轩那家伙也憋笑憋得扭曲了。

“哈哈，不错不错，丫头你胆子不小嘛！连学生会会长夏泽你都敢打。”他哈哈大笑，终于放弃了看戏的好位置，大步流星地走到了女生面前，想要以绅士的姿态扶她起来，谁料她根本不分敌友，对着车南轩还是不停地挥着榔头，弄得他躲闪不及。

“喂喂喂，你不要搞错，我是帮你的哎！”

女生在听到车南轩的话后，终于停下了手，以呆滞的目光凝视着他：“你……会帮我？你骗人！你明明就是跟他们一伙的！”

“谁说我跟那群该死的光棍团是一伙的！本大爷我可是有女朋友的！”之前被女生挥着榔头打还没怎么生气的车南轩这下终于爆发了，他愤怒地指向我，然后又用大拇指指了指自己，示意女生看清楚，“我如果跟他们是一伙的，我这辈子打光棍。”

一个花心大萝卜能说出“这辈子打光棍”这样有勇气的话，在场的人都愣住了。

高亢的声音退去，周围陷入了一种不同寻常的寂静，风声变得难得的清晰，席卷着树叶沙沙作响，那感觉要多诡异有多诡异。

半晌我才反应过来，啪啪地拍了几下小说的封面，声音倒还挺厚实响亮：“不错啊，这么快就有这样的觉悟，孺子可教啊。”

“滚！我那是发毒誓，绝对不跟你们同流合污。”他直接反驳，一点儿都不带含糊。

女生听到他的话，一直颤抖不停的身体仿佛突然放松了下来，眼眶跟着湿润了，没等我反应过来到底怎么回事，豆大的眼泪就从她的眼眶里掉了下来。她微低下头，镜片背着光笼罩上了一层厚厚的光晕，遮蔽了她的眼睛和大半张脸。

“能不能帮我，不要让她拆散我们？”她拉住了车南轩衣服的下摆，哽咽地恳求道。

我一愣，侧头看了眼被打出个洞的信箱，也懒得再掏信箱的钥匙，忍着手背的疼痛抽出了信箱里面仅有的一封信。女生见我手里拿着信，脸上恐惧的神色又蔓延开来。

什么嘛，原来是被人投诉了。

“知道是谁投诉你们的吗?”我想当然地问道，女生急忙摇头。

“既然被人投诉了，就说明你们之间肯定有什么不合适，我只是公事公办罢了。实在气不过的话就在无聊的时候心里诅咒那个投诉你们的人吧。”

我想我此刻的声音一定很冷，女生打了个寒战，眼泪虽然止住了，但是脸上的哀伤仍旧丝毫不减。

“我好不容易……才让他接受我的……我不想，不想这样就结束，我……”

“那就让他守护你啊。一个大男人什么都不做，躲得远远的，全部让女生来解决，再差劲不过了。”说着，我又顺便瞥了眼车南轩，意思是他也就是这样的人。

他看出了我眼中的意思，目光也犀利起来，没有了轻浮的笑，换作认真的表情。这样的车南轩好像完全不一样了，瞬间多了一种让人无法小看的威慑力。

“放心，我车南轩说话算话，我答应你，绝对不会让那家伙拆散你们两个。”

因为我之前宣战要让他打光棍，所以他这次要阻挠我的工作吗？哼！

“好，我倒要看看，你这个花心大萝卜，有什么能耐去帮助他们。”

04

砸坏信箱的女生名叫金雅，一如她的外貌一样很普通。虽然我并不太想祸害同性，但是砸坏信箱总要有人来承担责任。

“你说信箱是你砸坏的?”

“是的。我只是想看下它修得牢固不牢固，谁知道才轻轻碰一下，它就坏了。”车南轩这个谎说得特别坦然。我在他身后拼命地摇头，想要否认他的话。

包主任瞪大了眼睛看着面前不为所动的车南轩，少见地没有露出发狂的模样，而是用很“慈善”的表情接着说道：“有没有把手弄伤啊?”

“呵呵，没有。”

他笑得异常灿烂，我总觉得他是故意笑给我看的。

“那就好，以后要注意啊。这种事交给夏泽他们就可以了。”包主任留下了一句让我险些吐血的话，终于带着标准的微笑离开了。

车南轩一如既往地在我面前得意地和他的新女友聊得不亦乐乎，我总觉得每次他在哄女生开心的时候总忘了自己曾经还说过的其他话。

比如说，要守护某对恋人。

我在心里冷哼着，在学生会中翻出了一堆关于那对恋人的信息。

原来那个金雅的男朋友长这样啊，名字叫尹暮川，虽然比宿星和车南轩差点儿，但也算中上等吧，金雅这种普通的女孩能成为他的恋人，估计也是花了不少时间和精力吧。

可惜啊……

我的目光扫过了资料上写有“职务：校篮球队队长”的那一行，脑袋里随即闪过了一堆在漫画和小说书上看到的画面。

哦……我想我知道该怎么办了。

简单地解决了午饭，我看着漫画一路悠闲地走到了室内篮球场。才刚走到门口，就听到了篮球拍打地面发出的“砰砰”声音，和“滴滴”刺耳的哨子声互相交错。我将视线挪向了正前方，篮球场上正好有几个身影在那里练习着运球，一个高瘦的男生站在一边，手里拿着哨子，发出口号。

比照片上好看一点儿，或许在整个篮球场上没有能和他平分秋色的人。

我勾起自己最擅长的笑容，大步流星地走进篮球场，脚步声如同杂音一般掺和进了其中，他们立刻就发觉了我的存在，条件反射地停下了手中拍动篮球的动作，纷纷看向了我。我隐隐地听到了有谁抽气的声音，原本还活力十足的篮球场顿时陷入了一种难以用语言形容的寂静。

我目光锐利地扫视着他们，然后清了下喉咙：“我是谁想必各位已经再清楚不过了，所以我也就不再多说废话了。我收到了投诉信，所以我来找信上投诉的人。”

我的视线停在了他们的队长尹暮川身上，他一愣，深色的皮肤顿时显得有些阴沉难看了。队员哗然，来回张望，或许是想装出一副若无其事的样子，或许只是好奇我找的人到底是谁。最后，他们终于注意到了在人群中僵硬不动的人。

“队长？她不会是要找队长吧？”

“开玩笑，队长根本没有恋人。”

“就是……是不是哪里搞错了？”

队员的困惑完全写在脸上，我找不到虚假的神色。

只是，没有恋人？怎么会呢？投诉信上写得很清楚，是他的名字，而且全校也就他一个人叫这名字，我绝对不会找错人。

看到同伴不解的模样，他们的队长耸了耸肩膀，有点儿为难地笑道：“同学，我想你可能搞错了，我没有恋人，所以我不是你要找的人。”

太可疑了，他这样子实在太可疑了！

“哼，你心虚什么？我只是看你，有说要找的人是你吗？”我故作镇定，从口袋里掏出了早上收到的投诉信，装模作样地看了一下，将声音提高了半个音调，放慢了自己的语速，“我要找的是金雅的恋人。”

他们听到我说金雅这个名字，显然都是一愣，几秒的迟疑后，才有人冒出了声音：“我想你真的是搞错了。虽然我们认识金雅，但我们大家和她都不熟，不可能有人是她的男友。”

对方脸长得憨厚，说话时一副很正直的样子，让我看着就想笑。

尹暮川还在拼命地装，跟我比演技，顽抗到底。

不过他队友的话让我更加确定，他除了会装之外，还将恋爱隐藏得一丝不露，神秘得不让同伴知道。

嘁，你不承认没关系，只要威胁到你就可以。

“既然你们没人承认，我也暂时不为难你们。不过，我话说在前头，你们在场的高三学生应该很多吧？不要想着做出什么太过的事情，以为可以瞒住身边的人就没有事，一旦谎话被揭穿，可能会影响到将来保送大学哦。”

四周很静，我的声音回荡得恰到好处，空灵且严肃，这正是我要的效果。

我得意地笑着，他们的脸色如同我所想的一样难看，甚至有人不怕死地怒瞪着我。就在我转身准备离开的时候，地面突然响起了“砰”的一声巨响，不知道是谁突然将篮球砸向了地面，而它弹起后，正发足了马力朝我这边冲过来！

虽然我很想喊，找死啊！竟然敢造反！但是脚跟灌了铅一样被钉在地上，我除了僵硬地看着篮球向我的脸直面飞来外，脑袋里一片空白，不知道该怎么躲闪了。

同时，其他同学见到了这个状况，纷纷将手中的篮球向我这边砸来，好像我就是篮球架似的。

我条件反射地闭上了眼睛，漫画书挡在了额头处，十几个篮球砸在身上的痛觉却没有如约而至，我被一股蛮力拉到了一边，随后我听到了一声杀鸡般的惨叫。

“嗷，有没有搞错？本大爷的背你们也敢砸，嘶……你们都是拼命三郎吗？那么用力。”

我闻声诧异地睁开了眼睛，车南轩的脸伸在我的面前，他深红的头发和篮球的颜色有着鲜明的对比，刺得我张大嘴巴，一时惊讶得说不出话了。

他……他怎么会在这里？

车南轩看出了我的惊讶，急忙松开自己的手，拿出餐巾纸使劲地擦了擦刚才拉我离开的手，带着恶心的口吻说道：“你可别误会，我不是要救你，而是怕他们把你脑袋砸伤了，你到包主任面前一告状，他们篮球社全完蛋。”

我当然知道，车南轩不会救我。

只是他的话，总让我听起来觉得不爽。

我看上去就是那么一个喜欢打小报告的人吗？

我皱眉，注意到了门口站着的不知所措的金雅，她像只受惊的小兔子，看着我这边，目光里充满了恐慌。但是我能感觉得到，她的眼角余光却是看着另一个人，一个背过身、满脸正气假装责备同伴、不去看她的人。

拳头无声地握了起来，我能感到自己的怒火在燃烧。我一把推开了还在不停擦手的车南轩，快步走到了金雅的面前。她见我走来，连忙往旁边退了一步，脊梁骨紧紧地贴在了门框边，仿佛这样就有力量支撑她不用害怕得脚软而倒下。

“对……对不起，这里，这里真的没有我的恋人。我……我……”

“真的没有?”我平淡地问着，努力不带任何情绪。

但其实我很生气，看到她这种反应我更加生气，脑袋里想到了之前被女生围在厕所里欺负的钟离，她好歹还有个朋友为她担心，可是金雅……她身边连一个可以完全守护她的人都没有。

从成为他的恋人，从被投诉，从砸信箱开始，她一直都是一个人在坚持……

就算不知道全部的过程，但我还是能想象得到。

“既然没有还在这里干什么？走啊……”

“喂，你这是什么口气？我带她来看球不行啊?”车南轩凑了过来，也不管金雅愿不愿意，他那只咸猪手直接钩住了她的肩膀，将她搂进了自己的怀里，“我警告你哦，金雅现在由我保护着，你这家伙的魔爪给我从她身上拿远点儿。”

金雅被车南轩搂得浑身不自在，僵硬得跟个木头一样，目光弱弱地往篮球场上看，除了那些诧异茫然的眼神之外，有一个人始终都没有看她。

“哼，我倒要看看你这个花心大萝卜有什么能耐保护她。”

我越来越觉得自己像是在用激将法，而车南轩被我这么一说，更是来了动力。我忽然有种不好的预感油然而生。

05

高调处事，旁若无人，这就是车南轩一贯的态度。

第二天一早的演讲，车南轩就顶着他那头突兀的红发，拉着金雅大摇大摆地把演讲台上的男生一脚踹下了台。他邪气地勾起嘴角一笑，台下的女生立刻发出了低声的尖叫，原本严肃的演讲，顿时蔓延出了粉色气息，仿佛是明星发布会似的。

车南轩拿起话筒对着台下黑压压的人群，清了一下喉咙说道："各位同学，大家早上好，我是车南轩。想必各位对我已经相当了解了。不过，我想向你们介绍的是我旁边的这位女生，她的名字叫做金雅，请不要误会，她并不是本人的女朋友。"

说完，他特轻浮地朝台下的女生抛了个媚眼，我总觉得他是为了吸引女生寻找下一个恋爱对象而上演讲台的。

我站在队伍之外，用漫画书继续挡住了自己的脑袋，一阵无力的头痛顿时袭来。

"她和她的恋人，昨天不知道被哪个缺德的家伙给投诉了，而我们秉公执法的学生会会长夏泽呢，现正在想尽一切办法拆散他们这对恋人。我想，各位能不能和我一起帮助他们，祝福他们，不要被拆散呢？"

台下一片哗然，大家面面相觑。

车南轩把"秉公执法的学生会会长夏泽"这句话咬得特别重，仿佛我就是幕后主策划的黑手一般，应该受到万人批斗。

好家伙，他有胆。

我咧牙，斜眼怒瞪。

"不要怕！我们会支持你们的！"

不知道是谁大喊一声打破了沉默，有了一个人的冒头，台下的学生也一个接一个地爆发起来，甚至有人对着台上的金雅欢呼，一扫刚才的尴尬。这种热烈的支持让我感到更加沉重，并在我身旁蔓延开来。

我侧头看向身旁的包主任，他厚厚的油脂脸上暴出条条青筋，他的眉头皱得仿佛可以挤出油滴了。如果把他画到漫画里，他的身后一定会有一堆扭曲的黑烟和龇牙咧嘴的恶鬼。

这个笨蛋，这哪里是帮助他们！把恋人一方都公开在了老师面前，这明明就是加速他们的死亡！他以为每个人都像他一样，带着恋人在学校里大摇大摆没人能管啊！

“宿星，帮我去查下这个金雅同学家里的电话，我要找他们家长谈话。”包主任再也看不下去他们这么闹腾，他愤怒地丢下了这句话，头也不回地就走开了。我紧张地看向宿星，他双唇紧紧地抿着，黑框眼镜的镜片被光遮蔽，但我还是能感觉得到，他的视线也在看着台上的两个人。

台上的金雅笑得那么开心，一如昙花一现……

“怎么办，要照做吗？”他低声问道，像是在征求我的意见，但是……

“不照做，包主任也会自己动手吧。”我苦笑着背过了身。

他们的欢呼声、祝福声还在持续，但此刻在我听来，都变成了最虚幻的泡影。

学生会里冷冷清清，我一个人趴在窗口，窗外没有人走过，只有风在吹动，叶子在寂寞地跳舞。晴朗的天空一如既往的湛蓝，多么美好的天气，可是我却一点儿都愉快不起来，总有一种无形的压抑感在心头笼罩着。

我望着窗外失神，大门却忽然被人踹开了，车南轩气喘吁吁地站在门口，怒视着我：“是不是你串通包主任把金雅的父母找来的？”

我不语，不肯定，也不否认。

电话不是我打的，却是我从资料堆中找出来的。或许我也算是帮凶。

车南轩一头亮眼的深红色头发，与瞳孔中怒火中烧的神色交相辉映，就像一团吐着火舌的火焰一般。像这样愤怒的表情，我还是第一次在车南轩的脸上看到，和之前跟我斗嘴、吵到生气的样子都不一样。

而我也第一次觉得失去了和他斗嘴的乐趣。

“你跟我来！”他见我不说话，走到我面前，拉过我的手臂就往外拖。

我知道他要带我去哪里，这个方向只有一个目的地——包主任的办公室。

还没接近办公室，女人刺耳的声音就扎进了我的耳朵里。和车南轩那女朋友的声音完全不同，是那种很多情绪交错在一起发出来的声音。

“为什么不好好读书！我送你来这里不是让你谈恋爱的！马上跟他分手，不要再给我搞这种事了！”

微掩的大门里，我听到了女人的声音再度响起，而金雅的声音显得那么弱小和无助。

“我不要……”

“你还嘴硬！不要什么？”

“我不要……”

我听到了桌子、椅子相撞发出的声音，里面乱哄哄的，然后响起的是包主任劝话的声音，因为被一扇门挡着，所以我不知道里面发生了什么。我想，里面一定很混乱。

许久，混乱的声音终于一点点消散下去，在一段很长的死一般的宁静气氛冻结之后，我听到了一个清冷的声音，是男生独有的，不响，却足够传到每个人的耳朵里。

“我知道了。我会和她分开的。”

天知道为什么我现在能笑得出来，我转头看向车南轩，他听到男生的话后，面目扭曲得更加难看了。

大门被推了开来，金雅从办公室里跑了出来，于是，里面人的容貌我都看清了。

“现在你满意了?”车南轩的声音充满了讽刺，他不屑地看着我，好像我是再卑劣不过的小人。

满意？不错……这就是我要的结果。

但是……却不是我想要的方式。

我依旧这么笑着，沉默地向着金雅刚才离开的方向走去。

金雅没有跑多远，在一处少有人走的台阶处坐了下来，几乎把脑袋都埋进了双臂里，她瘦小的身体在微微颤抖，哀伤地哭泣着。

她努力压制着自己的声音，不让哭声显得那么明显，但是那种干涩而压抑的声音却沉重地在走廊里回荡，根本没有办法掩饰。

我靠在台阶旁边的扶手上，背对着她，静静地听着她哭泣。

我看到了停留在窗外犹豫着要不要进来的车南轩，他双手撑在窗口边，小心翼翼地观察着金雅的状况，仿佛只要一有什么情况，他就会立刻从窗口跳进来。像他这样总是春风得意、爱看戏、怕麻烦的男生，我很少看见他这么紧张的样子。

上课下课的铃声响了又停，停了又响。这里只有我们三个人，安静地维持着这样的动作。我后悔被车南轩拉出来的时候手上没顺带一本漫画或者小说书，手里空荡荡的，竟然有种痒痒的感觉。

金雅哭了很久，终于停止了哭泣。

她微抬起头，注意到了身边的我，沙哑着声音说道：“我现在没有恋人了。”

我点头：“我知道。”

“所以你不用再待在我身边了。”

“为什么?”我挑眉反问，“不好意思，我刚刚做了一个决定。”

“决定?”

“没错，我想邀请你加入恋人投诉部。”

“什么?”她显然愣住了，因为刚哭完，脸部仍旧一副呆滞的神情。这么看着，我觉得特别好笑，只是碍于面子，我还要摆出一副正经的样子。

“因为你比他坚强。”

“我……还是不太明白你在说什么。”

“咳，我不是让你做坏人。真的。坏人只要我做就足够了。”我清咳了一声，调整了下情绪接着说道，“努力地维持一段只有你自己的独角戏很累，对不对? 其实学校里像你这样的人很多。谈恋爱可以当做游戏，也可以当做是件重要的事，这完全取决于个人的态度。如果两个人的态度完全不一样，总有一天会有人受到伤害。同时，我讨厌每一个无法坚持自己恋情的人，这是在浪费时间，也是在伤害曾经喜欢自己的人。我不希望谁在受伤之后才知道后悔。你可以当做是我在给自己找借口，但我却一直都是这么想的。如果可以，我希望我可以自己解决，不要让老师出手，虽然老师的办法和我一样蹩脚，但是有时想起来，还真的挺伤人的。呵呵……”

我轻笑着，金雅一动不动地注视着我，脸上的泪痕已经凝固，变成了淡淡的痕迹。我摸遍了口袋，也没找到一张纸巾。

“我……从来没有听过这些。”

“那是你们只想着如何恋爱，不想后果。”我条件反射地白了她一眼，“我很欣赏你的毅力，不折不挠，坚持自己心目中正确的东西。所以，如果你可以帮助我，成为我的同伴，我相信，我们可以互相学到很多东西。同样的，如果有一天，我遇到了那么一对真心相爱的恋人，如果他们可以抵挡住外界的一切麻烦，还要去守护对方，我夏泽，以我个人的名义向你保证，我会想尽办法去保护他们。”

“真……的?”

“嗯，如果你找到了，这句话同样成立。”我帅气地一手握拳，锤向自己的肩膀。

金雅仍旧满脸的茫然，但是我在她的目光里，已经找到了一丝我想要的答案。

“你好好想想吧，我不会为难你的。如果你想好了，欢迎你到学生会来找我。”

我走出走廊，绕到了窗外。车南轩还站在那里，用一种古怪的眼神盯着我，他显然也听到了刚才的话。

“你真的是……夏泽吗? 不是被外星人附体了?”半晌，他才皱着眉头嘟哝了一句让我想要扁他的话。

“怎么，我不像能说出这样话的人? 我就适合做反面角色?”

“按设定来说，应该是这样。”他一手托着下巴点头道，“不过夏泽，你真的知道什么样的恋人才算真心相爱吗? 万一他们真的很相爱，结果被你拆散了怎么办?”

我瞥了他一眼，用理所当然的口吻想都没想地回了句：“不知道，走一步算一步咯。我想我还是知道点儿分寸的吧。”

我只知道，我会祝福这样的恋人，但是我不明白这样的恋人到底是怎么样的。

不过等哪天真的遇到了，或许就会知道了吧。

我坦白的话让车南轩的脸顿时黑了下来。

他一手猛拍向自己的脑袋，低头苦恼地扶住了额头。

“搞了半天，你刚才是在忽悠金雅啊!”他张大嘴巴大喊。我紧张地赶紧捂住他的嘴巴，将他拖到了一处灌木丛旁。

“喂，你喊那么大声干什么? 有时不用点儿忽悠的手段，怎么招揽到白干活的同伴啊?”我说得异常坦然，车南轩的表情更加难看了。

“啊……别用这种鄙视的目光看我，我不收留她，她的事被其他同学知道后也很难做人的，干脆跟着我干活得了，有个去处也不算太糟糕嘛。”

“跟着你和被全校孤立没有太大区别。”车南轩直白的话就像盆冷水将我从头浇到底。

“哎，浑蛋，你这是什么话呢?”

“不好意思，光棍的理解能力跟我这样处在恋爱阶段、正甜蜜着的人是不一样的。我不跟你这样的俗人一般见识。我要去跟我家亲爱的约会咯。”车南轩恢复了他以前油嘴滑舌的模样，站直了身体理了理衣服，深红的头发在灿烂的阳光下更加亮眼了，与他脖子上那个银色的金属指环的光辉相映衬。记忆里他帅气的脸庞还是更适合这样轻浮的笑容。

只是他的笑里，少了往日几分火药味，一瞬间，我觉得那个笑容有那么一些亲切。只是那么看着，竟有那么一些失神了。

我忍不住突然笑了起来，闭上眼睛朝他挥了挥手。

“我等着你被甩掉，正式成为我们光棍团一员的那天。”

“那你就在梦里奢求着吧。”

Chapter 3

被拆散的恋人与同伴

01

我在学生会里等了好几天，也没有等到金雅的出现。

“别等了，我们可是拆散他们的人，她怎么可能会来找我们?”宿星处理着堆积了满桌的工作，理所当然地说道。

“虽然是这么说，不过想着还真丧气。”我叹了口气，将脑袋埋进了漫画书中，只是心思怎么都安定不下来，没看几页，又忍不住抬起了头，“宿星你在忙什么呢?”

“嗯，活动方案。明天有几个有名的老师、教练要来我们学校，我要赶在放学之前和包主任把活动方案定下来，明天你得给我认真点儿，好好招待他们，知道吗?”说到了重点，宿星推了下眼镜，啰唆地叮嘱了句，“如果再闹出什么麻烦事，到时候就算我说破了嘴，包主任也不可能放过你。”

“知道啦，宿星。我会好好做个摆设的！再说，在你眼里，我就是个总捣乱、闯祸的小鬼吗?”我不满地翻着白眼，突然有些后悔干吗要多嘴问他在干什么了。

可话匣子一旦打开，再关上就不是我一个人能决定的了。

宿星停下了手中的笔，语调忽然有些沉了下来：“对了夏泽，我听说阿姨过几天也要回来了，你这些天一直都住在学校的单人宿舍里，不打算回去看看吗？她这次似乎会停留得久一点儿。”

我一愣，没想到宿星会说这个。

虽然家离学校并不远，但自从上了高中之后，通过包主任的关系，我基本就一直住在单人宿舍里，很少回那个空荡荡的家。被宿星忽然这么说起，一瞬间竟有些陌生了。

“妈妈……要回来了？”

“是啊，前天包主任还跟你妈妈通过电话，我是从他那儿知道的。你没有听说吗？”

我摇头。

“那现在你知道了，如果要回去，记得跟我说一声，我给你开张离宿的条子。”宿星说完，终于重新拿起了笔，他从堆积的文件里抽出了一张纸，刷刷地写了起来，“算了，我还是现在写给你吧。你也有好久没见过阿姨了，别逞强了。”

“才没有逞强，其实我也很忙的。”声音不受控制地放大，我倏地站了起来，掉头就往房间外走，不理会还在写着离宿条的他。

多久没有见过妈妈了？我也不记得了。她不像我，可以停留在一处，停留在学校里不走，她忙碌着她所忙碌的事，热衷着她所热衷的事，这样的一个人，对我来说，除了一个称号之外，再陌生不过。

我一手拿着漫画书，一手插着口袋往外走。午后的时间，大部分学生已经窝在了教室或者操场上，小路上唯有两边的风吹树叶的响动声充斥着仅有的安静空间，如同一首淡淡的音乐，平淡而简单。

这期的漫画又拖情节了，明明可以一期就讲到重点部分，结果还要拖到下一期，难道作者思维枯竭了吗？

我愤愤地合上了书，刚想叹气，忽然在不远处看到了一个鬼鬼祟祟的身影。哈，学校真是个小地方，怎么在什么地方我都能碰到车南轩这个家伙！

他背对着我，藏匿在树丛之间，脑袋透过树枝的缝隙正在偷看着什么。那样子忽然让我想到了动漫里偷看美女洗澡的猥琐男形象。

我轻笑，心里无声地又开始预谋起了见到他后，该说什么样的话才能在一招之内击败他，将他满肚子的不满塞回去。

可是计划总是比不上变化快，我才走到他身旁，还没来得及开口他就已经抬起头，神叨叨地将食指伸到自己的唇边，满脸认真地低低“嘘”了一声。

“你做贼……”我调侃地挑眉。见我不明他的意思，他干脆把我拉了下来，宽大的手掌猛地覆盖在了我的脸上，捂住了我的嘴巴。

“你少说两句话会死啊?”他压低声咒骂着，然后另一只手指了指灌木丛的对面，示意我看。

没错，对着你这张脸少说两句话，我会郁闷到死！

我在心里不满地补充着，还是顺着他的视线看去。

竟然是金雅和那个篮球队的队长尹暮川！他们不是分开了吗？怎么还在一起?

而且……

面前这个状况看上去不太对劲啊。

车南轩已经松开了手，而我张大嘴巴，脸上写满了惊讶。

金雅死死地拽着那个家伙，脸色难看得就差没哭出来了，可对方仍旧一副漠然，不停地想要把她的手从自己的衣袖上扒下去。因为距离实在太远了，我根本听不到他们在争论着什么，但是就我所看到的状况而言，我已经火得恨不得冲上去给那没人情味的家伙一拳了！

他算什么东西！凭什么让金雅露出那么难过的表情！

我身体微向前倾，但还没有来得及做出行动，车南轩已经拉住了我。

此刻的他看上去比我冷静得多，我想或许是因为他在这儿已经看了很久的缘故。

“你不是说要保护她吗？为什么现在不去帮她？”我沉声在他耳边责问。他依旧懒散的模样，抓着耳朵无奈地耸肩：“你当我不想？我可都已经搞砸了一次。”

“这根本就不一样。”

自己骨子里怕麻烦，才是真正的原因吧。

我满肚子的怒火难以平息，愤愤地抬起头。尹暮川已经摆脱了金雅的手，匆匆地离开了，只剩下金雅一个人，看着他离开的方向孤零零地站着，像个被丢弃的傀儡一样。

“麻烦你别像块望夫石一样站着不动了。这种家伙还有什么好留恋的？”我站了起来，穿过了不高的灌木丛大步走向金雅。她看到我的出现显然有些不知所措，使劲地摇头，我也不知道她到底想要否定什么。

车南轩见我冒头了，努了努嘴，也跟了过来。

“不是的，我只是，只是……”她往后退步，就是不让我接近她。

拜托，我又不会吃掉她！

“你是想明天去篮球场看他比赛吧？”车南轩在我身后幽幽地开口了，肯定的语气让我怀疑他早就知道金雅会这么做。

金雅不语，沉默地认同了车南轩的话。

看她这样，肯定是被他拒绝了吧？

我忽然想到了之前宿星说过，明天会有几个有名的老师和教练来我们学校考察。那肯定也就包括篮球教练吧？

“笨蛋，他怎么可能会让你去？那么自私的家伙，在那个重要的时候，他想要的也不过是尽可能地维护自己的利益吧？”我理所当然地说着，明知道实话很伤人，但还是无法停止地说出了口。我知道再说安慰的好话，她也不会记住。

恋爱中若有一个要受伤，那必然就是爱得最深的那个。

“我只是，只是想最后去看一次他打球罢了，我没想捣乱，没想到篮球队里跟他的队员乱说什么。我真的没有那么想，我……”金雅碎碎叨叨地说着，胡言乱语得连她自己都不清楚到底要说什么。

刚才还忍着没有掉下来的眼泪，现在就像瀑布似的哗啦哗啦直流。我不知所措地站在她面前，安慰也不是，训斥也不是。

啊啊，别哭了啦，如果被其他人看到还以为是我在欺负你呢！

为什么刚才那浑蛋在的时候不哭嘛！

那样我好冲过来给他一个天马流星拳，让他哪儿来的滚哪儿去，多帅的出场啊，至少比现在的境况好太多了。

“哦，夏泽，你把人家弄哭了哦。”车南轩有点幸灾乐祸地说着，虽然脸上没笑，但我确定他心里一定在窃笑。该死，原本是我打算来气他的，结果我却被他给气到了！

颠倒了吧？

“不是我干的！”我指着金雅大喊，“喂，你要伤感可以，但是别让人误会好不好？”

“我、我……”她的眼泪刹不住了，委屈地看着我，晶莹的泪珠直往下掉，“对不起，我不是故意的，我，对不起，我停不下来，我……”

好吧好吧，我现在走人还不行嘛。

我抿起了嘴巴，转身欲走，可车南轩这个咸猪手又拉住了我：“我说金雅哦，你千万别让她走。她走了你可就没机会了。”

我明明没有动，但车南轩仍旧装模作样地摆出一副很艰难才拉住我的模样，仿佛只要一不留神松开手，我就会拂袖而去。

啪嗒……

心似乎无声地漏跳了一拍，一阵无力的发慌漫上了心头。

我忽然有种很不好的预感，尤其是看到车南轩那双无法掩饰笑意的眸子里闪耀着算计的光芒。

他不会是想……

“如果我没记错的话，学生会的人明天都要负责接待来校的老师，包括教练吧?”

果然，他说的就是这个!

我瞪大了眼睛，而他却一点儿都没有要闭嘴的趋势:“喏，夏泽，既然人家金雅都哭了，你就同意帮她不就好了?”

喂，别说得好像是我死活不肯帮助金雅，所以她才哭了好不好!

我是无辜的，我只是无辜的路过者!

“真的是这样吗? 夏泽，你可以帮我?”金雅听到车南轩的话后，整个人都来了精神，眼泪也立刻停了下来，只是我一点儿都高兴不起来。

浑蛋……这个家伙刚才迟迟不出手，不会已经在心里算计好了，要把我推到金雅的眼泪炮弹下吧?

条条大路通罗马，我为什么偏偏走这条路!

“我虽然是学生会会长，但我从来都不负责任何工作，就算要出场也基本跟装饰一样，你们要帮忙，应该是去找宿星，他……”

“我只要去看一次，之后我一定马上离开，绝对不会给你造成任何麻烦，真的，我发誓。”她急忙伸手保证，那样子让我心里既难受又恼火，脑袋里浮现出刚才她死拉着篮球队队长，只是想要去看他一场比赛的可怜样子，原本想要一口拒绝她的话也说不出口了。

我没有说谎，我真的不会单独负责任何学生会的事，宿星和包主任都很了解，让我单独做这些事，一定会在麻烦中收场。

我没有那种工作上的天赋。

“如果你没时间跟我在一起，明天我可以让人陪我，在旁边监视着我，我绝对不会给你添多余的麻烦，好吗?”

“人家都这么说了，夏泽你还要坚持多久呢?”车南轩添油加醋地说，笑意已经在他脸上一点点浮现了。被他们两个人夹击，我越来越怀疑，他们是不是一开始就说好了，故意把金雅喜欢的人叫到这里，然后故意演给我看……

但是，车南轩怎么会知道我一定路过这里?

难道……这就是命?

从第一次见到他被他算计了开始，我就注定会有这么一遭?

我思考了良久，最终问道：“你确定，不会惹出任何麻烦?”

“我发誓。”

“如果一个人不行，再加上我，如何?”

我一动不动地盯着金雅，眼角的余光也没有放过一旁的车南轩，一向旁观的他会说出这样的话让我有些吃惊。而他微侧过了身，目光看向一边，似是故意要避开我的视线，脸上的笑意中不见了刚才的邪魅，淡淡的，仿佛清风就可以吹散，却也纯粹得找不到其他的意味，染红的发在阳光下那么刺眼，仿佛他整个人如太阳一样在发光。

这样的车南轩，我还是第一次看到，却比以往都感到真实而缥缈。

我一时间居然看得失神了。

“如果你能够保证，我就让你去。”

“谢谢，谢谢。”她也跟着笑了，虽然眼睛还红肿得像个兔子，但脸上笑得那么灿烂，兴奋得像个分到糖果的孩子一样。

为什么要笑呢? 明明不是那么幸福的事……

明明在见到了之后，还是要受伤的啊。

早点儿让自己放下不好吗?

留着一个念头，会更加像白痴似的。

“为什么他的幸福里没有我……为什么他不能存在于我的幸福里……为什么……”

脑袋里蓦地响起了一个沙哑的哭声，凄厉地嘶吼着喉咙，不停地问着我，不停地问着，可是，我没有答案啊。

我也不知道到底为了什么。我也不知道到底是为什么啊……

此刻，他们都笑了，但是，我却有那么一点儿哽咽了。

02

宿星知道我要帮金雅去看篮球比赛，所以把篮球场附近区域的参观场地交给了我负责。当然，都只是暂时的，等他忙完手头上的活，就会立刻过来接班。

篮球比赛预定在下午一点半举行，我本来还想搞定一本小说之后再去那里站岗，可才过十二点，金雅就已经急匆匆地跑到学生会来找我了。

“喏，夏泽，这就是我找的人哦。”金雅愉快地将一个女生推到了我的面前。她乌黑的长发，小巧而漂亮的脸蛋，无论走到哪里都是个引人注目的美女。而她，我再熟悉不过。

不久之前，在车南轩的身旁我见过她——钟离。

她脸上有那么一丝僵硬：“那个……你好，我是钟离。金雅是我的同班同学，因为她说要有个陪同的人，所以我就跟来帮忙了。”

她的语速不快，但因为紧张话音显得有些微微颤抖。

真是的，你们这些家伙不要总是露出一副我会吃掉你们的样子，我是十恶不赦、可怕至极的老妖怪、大灰狼吗？

你们又不是小兔子，再说我也从来不吃兔子肉！

“你们来早了，我一点才会去篮球场。”我冷冷地说着，对于她们打断我看书表示不满。

“没事的，我们可以等。”金雅一点儿都不在意，微笑地绕过了堆得到处都是的漫画、小说堆。

我想她是要找两把椅子，但是很抱歉……这里除了我屁股下的椅子之外，没有第二把了。

平时如果宿星要坐着办公的话，我都会选择坐在书上。

反正它们堆积的那个高度，刚刚好。

“你们随便找捆书坐吧。宿星打扫过，应该没有什么灰。”

我能感觉得到金雅和钟离的脸色都有些难看了，但金雅还是干笑着很听话地拉过一堆书，坐了下来。

而钟离则就那么尴尬地站着，全身别扭不已。

以前她站在车南轩旁边，除了觉得她是个漂亮且可怜的女生之外，都没有注意到她的穿着打扮，现在看来，她应该是个受过良好教育、家庭状况颇好的千金。

要让她大大咧咧地坐在跟书报回收站一样的地方，简直是不可能的事情吧！

我忍不住怀疑，她那僵硬的表情或许不是因为见到我，而是因为见到这个房间混乱的状况。

有人在旁边打搅，就算再安静我也静不下心看书了，浮躁地扫视着书上的字，秒针嗒嗒地走着，我连一页都没有翻过，就算看过的东西也不记得任何片段。

处在尴尬的氛围里，我正想说些什么可以缓解状况的话，窗外忽然传来了一个疯子的声音。

“喂，夏泽！我知道你和金雅都在上面，快点儿下来！”

浑蛋，你以为我夏泽是谁啊，是你这样的家伙能够呼之即来、挥之即去的人吗？

“车同学，现在是午休时间！你这样乱喊是扰乱学校秩序。”我噌地从椅子上跳了起来，单手推开了身后的窗户，愤怒地望向楼下。

车南轩不知道从哪里搞来了一个大喇叭，他拿着喇叭，半个身子都依靠在小路旁装饰一新的栏杆上，向上仰望的样子让我想到了小区晚上巡夜的居委会大妈。他那红得张狂的发和小麦色的皮肤在阳光下显得异常富有活力，我一时分辨不出是帅气还是搞笑，愤怒的目光没持续几秒就忍不住笑了出来。

“哈哈……车同学，你那是做什么呢？转行啦？”

“去去去，你懂什么？体育馆那么大，没喇叭怎么喊啊？大爷我难得出次场，不高调点儿被别人抢了风头多亏啊。”他白了我一眼，手依旧不离喇叭，巨响的声音招来了楼里楼外许多学生的注意，可他完全不在意，反倒笑得更加张狂了，似乎十分享受这份被瞩目的感觉。

以前听宿星说过，比起一些默默无闻的人来说，总有那么一些人喜欢高调地站在闪耀的地方，将自己暴露在他人的视线里。

这究竟是自信，还是自恋呢？

“拜托，主角是人家篮球队，到底是谁抢谁的风头啊？”

“那我现在来告诉你，我是主角不就好了？干吗那么死板啊？”

我这不是死板，而是你在强词夺理！

我轻哼了一声，将身体退回屋子里，眼角的余光无意间瞥到了站在屋里的钟离，她的脑袋低得几乎贴在了胸口，乌黑的秀发如同帘布一样遮挡了她大半张脸。但我仍旧能够感觉得到从她身上表现出的失措。

大疏忽啊！钟离可是车南轩之前的女友哎，我刚才竟然还和车南轩斗嘴，完全没注意到她的尴尬。

我别扭地干笑了两声，关上窗户，然后随手抄起一本小说走到了她的跟前。

“走吧走吧，人差不多都到齐了。”

她很轻地“嗯”了一声，跟在了我的身后。

金雅也看出了钟离的异样，她瞄了一眼窗外，立刻露出了恍然大悟的表情，她大大咧咧地挽住了钟离的手臂，给了她一个淡淡的笑容。

我捕捉到了车南轩脸上一闪而过的惊讶，随后他又换上了往日没心没肺的邪笑，一只手插在口袋里，另一只手挥着喇叭轻浮地朝钟离摆摆，算打招呼了。

因为站得离钟离很近，所以我能感觉得到在她看到车南轩后隐隐加快的呼吸，带着紧张的感觉。此时我忽然很想问车南轩，怎么不见他的现任女朋友？难道因为他负面消息太多了，所以把他给甩了？

虽然我很想刺激车南轩两句，但是最后考虑到钟离的感受，郁闷地把嘴边的话咽回了肚子。我和车南轩第一次这么安静地相处，没有互相调侃毒舌对方，也没有用眼神互杀。他假装着什么都没看到，在前面哼着不知名的曲子仰天走着，仿佛我们只是恰巧顺路的路人一般。

离比赛开始还有半个小时，但篮球馆里的观众席已经被占据了一半，时不时地还能听到拉拉队练习的声音，挥舞着手中的工具，哗啦啦地直响。篮球场上，由来考察的教练带来的队伍也已经候在那里，两边的人从表面看上去相处得还算融洽，他们聊着一些话题，笑得挺开怀。

站在篮球馆的门口，我听到了一声来自拉拉队的女生尖细的声音，仿佛锋利的锐器，一下子刺破了这个环境，大家纷纷看向了门口。

我在学校里认识的人不多，但是声音这么响、这么细的，除了车南轩那位亲爱的，我就再也想不到其他人了。

之前就知道车南轩不会在意被人关注了，只是还能坦然地笑着朝冲他尖叫的女生大抛飞吻，这脸皮厚度绝对不是一般人能够比的！

白痴！在场那么多人，其他学校的老师都在，你还敢这么丢人！最重要的是，钟离也在，就算是前任女朋友，也不用这么不放在心上吧？

我不认识他！我只是路过的，恰巧路过的！

我下意识地一手盖住了自己的额头，快步走到和篮球队队员们聊天的来访教练身旁。

虽然教练长了张严肃的脸，但人却特别好相处，说话也很直接，不像一些伪文艺的家伙，话里套话，冠冕堂皇的样子。

正合我的性格，和他坐在一起讲话也就不觉得别扭了。

“你是跟朋友一起来的吧？哈哈，不用在这里陪我了，你去跟朋友一起玩吧。”他宽大的手掌随意地在我肩膀上拍了拍，示意我可以到观众台去了。

“这样不好吧？”

“没关系，陪在我这个老头子旁边多没意思啊，等会儿包老师就要来了，他也会跟我好好介绍你们学校的篮球队。”

“那我……就先告辞了？”

“嗯，去吧去吧。”

我跑到金雅那边的时候，他们已经通过车南轩这张抹了蜜一样的嘴巴抢占到了一个很好视角的位置。我不知道车南轩是怎么确信我会过来，特地留了一个空位给我。

这家伙以前不都是只管自己的吗？突然这么好心，我反倒想起鸡皮疙瘩了。

“夏泽啊，是不是特别感动？”

我屁股才刚坐下来，车南轩那张讨骂的脸就凑了过来。

哼，想要我表扬你？做梦……

我故意使劲地揉起手臂，难看地打了个哆嗦："冷死我了。"

"冷？怎么会？"他困惑地看了一下四周，"篮球馆里没空调……喂，夏泽，你那是什么意思啊？"

"字面意思。不爽就闪边。"

"你！"

说你的行为让我觉得恶心，我冷得发抖呢。这么字面的意思你都不懂，可以滚到火星去了。

见到他变得难看的脸色以及那咧着牙恨不得扑过来咬我一口，但最终考虑到形象还是将怒火吞下去的样子，我就更加心情愉悦了。

"鸭子嘴硬，我也不指望从你嘴巴里听到什么好话。"

我听到了车南轩赌气的声音。

他背过身，拿下了身后的斜背包放在地上。他的包不算很大，但里面的东西绝对齐全，从小型的哨子、未充气的气球棒槌到乱七八糟的彩带，一切应有尽有。

"哎，你别用这种眼神看我，除了包，这些东西都不是我的。是我今天一早到拉拉队那儿搜来的，嗯，包括这个。"被我用错愕的眼神盯着，车南轩别扭地皱了下眉头。他晃了下中午用来叫我们的喇叭，老实地坦白了它们的来源，"就我一个人那么抢风头，对你们太不公平了，所以难得有机会，大家一起高调。"

抱歉得很……本人对无赖型的高调一点儿兴趣都没。

"车南轩想得好周到啊，谢谢你呢！"

谁可以告诉我金雅这妮子脑袋里到底装了什么？她竟然还很开心地拿起车南轩包里的东西，仿佛是多有趣的物品，握在手里笑得跟个傻瓜似的。

“喂，这些很丢人好不好？而且加油呐喊什么的都是拉拉队的活，我们抢她们的饭碗很没人品哎。”我努力地要跟车南轩划清界限，只是身边的两个女生一点儿都不配合，一直沉默着不开口的钟离也拿过了一个挂有铃铛的彩带，漂亮的脸蛋上浮现出了微微的红晕。

见鬼，你在脸红什么！

这里根本没有什么可以让你脸红的东西吧？

不带这么跑错频道的！

我开始强烈后悔，我为什么要跑过来陪这群与我格格不入的家伙？

在抱怨中，篮球比赛开始了。

03

我看不懂篮球，有关这方面的漫画也只有在很小的时候看过《灌篮高手》，现在除了那个搞笑、热血得一塌糊涂的樱木花道之外，其他的我也记不太清了。

我想金雅在被老师强制要求和尹暮川分手之前，她一定也很多次偷偷看过他所参与的比赛吧？

金雅很快就融进了现场沸腾的气氛之中，整个人都离开了位置，拥到了最前面被栏杆拦住的地方。在场的很多人都攀到了栏杆上，挥舞着手中的牌子加油助威，那些呐喊几乎都要压过拉拉队的声音了。

果然，我一点儿都不适合那么热闹的地方……

好想回去啊，中午的书还没看完呢！刚才走得太急了，带出来的是一本已经看过的烂书。

我侧头，才发现安静的钟离竟然也跑到了人群里，随着校篮球队的进球，跟着金雅一起欢呼，那架势喊得倒有几分撒气的样子。

嗯，一直待在车南轩身边，肯定堵了不少气吧？

“哦？你说谁会赢？”

说曹操曹操就到，他很配合地开口了，我眯着眼睛瞥了眼被人群堵得密不透风的前方。

现在的比分是27:19，领先的是我们学校。

比赛才刚开始，分数拉得也不大，现在要猜谁会赢也不好说。

“如果他们能够保持的话，或许我们学校会赢吧。反正也是友谊赛，就算输了也无所谓。”

谁知车南轩在听到我的话后，抱着肚子哈哈大笑了起来：“你在说什么啊？我又不是问你篮球比赛，你这个宅人看得懂吗？”

“喂，宅人就不看电视吗？宅人就不会看电视里的体育频道吗？你当我住在荒郊野外，电视搜不到体育台的信号啊！”

我大声地回击，说得没半点儿心虚。

可事实证明，我活这么大了的确没看过体育频道，就连电视机和遥控器，上一次接触也是一年前的事了……咳。

“我是问你啊，观众和拉拉队比，你觉得哪边最后才会赢？”

车南轩笑得眼睛已经眯成了弯弯的线，露出的一口整齐洁白的牙晃得我眼花。

经他这么一提醒，我才注意到，除了场上篮球队和篮球队的对决之外，场内的观众和拉拉队也在以自己的嗓门不断地提高分贝，互相叫嚣挑衅着。

拉拉队的成员皆为声音清亮尖细的女生，而观众的嗓音则显得特别杂乱，混在一起除了气势之外，声势却一点儿都拼不过她们。

唉……真是一群吃饱了午饭没处消耗，撑到让人深刻觉得丢脸的家伙。

“你女朋友在那儿和别人对抗呢，你不去帮忙？我想如果你愿意到拉拉队那里去，胜败就差不多可以定下来了。”

车南轩一过去，势必很多女生也会蜂拥而去，男生吼得再大声，又怎么会比女生更有穿透力呢？

他不动，只是为难地耸了耸肩膀："你知道的，我怕麻烦。"

所以，不过简单的一句话，就把什么事都和自己撇干净了。

所以，我也最讨厌这样的人。

即使……我也讨厌麻烦。

"啊！不要挤不要挤，快点儿帮忙！"

忽然间，一个惊呼声响起，忽然叫嚣的声音降下了好几个分贝，但没有归回安静，混乱一下子就接踵而至了。

人群中发生了什么？我的心跳莫名地少了一拍，顿时慌乱了。

金雅……

为什么我脑袋里会突然冒出她的名字！

不会是她……不会的！

我脑袋里乱糟糟的，乱七八糟的想法堆积而来，我一个箭步冲进了人群。人群中很乱，混乱的人流把我挤到了前面，我看到了在栏杆处，被钟离使劲抓着只差一点儿就要掉到下面篮球场的金雅……

我想要抓住金雅的另一只手，只是不站到栏杆上，就根本没办法够到她的另一只手，她身体只是很勉强地踩在墙壁边一块略微凸出的地方，只要钟离一松手，她就会坠落。

这里的高度大概是三米左右，摔下去不会死人，顶多就骨折扭伤，但是她一旦出了事，比赛和下午参观的事也会因为这个混乱不了了之……

我瞥到了下面也喧闹起来的队员以及包主任射来的目光，有愤怒，有厌恶，太多的情绪夹杂在一起，连我都感到害怕了。

如果我现在能够抓住她另外一只手，把她拉上来，那我也必然会因为身体失衡，代替她摔下去……这也是大家惊慌得乱喊，却没有谁敢像钟离一样死拽着她的原因吧。

但是……

我不明白为什么这个时候我却看了一眼身后，而车南轩已经丢掉了手中的喇叭，转身就往下去的方向跑……

真糟糕，明明刚才还说我怕麻烦的，怎么现在我还在凑麻烦呢？

我还在不断地把麻烦往自己身上揽啊。

我忍不住苦笑，一脚踩上了铁栏，将大半个身体探出去，伸长了自己的手。

“金雅，能抓到我的手吗？”不能让她出事啊。

她已经受过一次伤了，这次不能让她再在他面前受伤了。

在金雅冰凉的指尖触碰到我手指的时候，我用尽全力闭上了眼睛，我能感觉她的身子被拉了上来，拂过我的脸颊，带着轻微的啜泣声，轻得却让我的心一阵无力的难受。

脚底摩擦着铁栏杆，就在我和钟离把金雅拖上来之后，我无法再站稳了，身体向下倾倒，俯冲出了铁栏……

啊，这样下坠属于脑袋朝下吧？

万一摔个脑震荡怎么办啊？

我忍不住在心里调侃着，刚才一瞬间擦过心头的慌张感却不见了。

只是我却没有听到惨痛的一声“嘭”，紧绷的肌肉提前感到了疼痛，但身体却落入了一个温暖柔软的区域，还能感觉得到耳边的呼吸，不是地板的冰凉和坚硬。

“嘶……看你个子不算庞大，怎么人那么重？我胸骨都快被你压断了。”

身下我听到了一个声音，闷闷的，却还是强迫地带着笑意，这么听起来倒觉得有些不伦不类了。

我惊愕地睁开了眼睛，车南轩的脸首次那么近距离地放大在我的面前，明亮的眸子如同黑玉一般，我几乎可以在他的瞳孔中看到自己的脸。他的眸子里带着一些痛苦的神色，与我印象里的笑融合在一起，顷刻间熟悉却也陌生了。一头亮眼的红色发在阳光下还是那么的张狂而刺眼，而他小麦色的皮肤也似乎染上了红色，脸颊上盖着淡淡的微红，灼得我总觉得自己是产生了错觉。

怦怦……

一时无措，我的心猛烈地狂跳。第一次这么异常，我吓得连忙从他身上逃开。

他……他不是离开了吗?

我亲眼看到他跑下去的啊!

我也是亲耳听到，他说自己讨厌麻烦啊!

这样一个喜欢旁观看戏、在重要时候溜走的车南轩，怎么会跑下来做人肉靠垫……

“你、你、你……”我指着他，惊讶得话也说不完整。

老天，我一定是产生错觉了吧！我面前的这个人不是车南轩吧?绝对不是他吧?

“我还是第一次看到你那么惊慌哎！赚了赚了。哈哈。”他伸手拍去了衣服上的灰尘，满不在意地笑着，像是刚才他只不过是无意间路过，然后恰巧接住我罢了。

“同学，你们没事吧?”外校的教练和包主任一起跑了过来，比起包主任为难恼怒的表情，教练走到我身边除了担忧之外，还意外地赞扬了我们，“同学，你们真勇敢啊，一开始就决定要两个人合作的吗?”

哪里有什么合作！我根本不知道车南轩会出现……

我可是作好了脑袋摔地上，砸成“烂番茄”的准备!

“哈哈，老师你果然厉害，一眼就被你看穿了。对啊，我们说好，她去拉住那个同学，然后我到下面来接她，怎么样？我们配合得好吧？”

“默契相当好啊。我们都被吓到了。”

我不知道教练到底在钦佩什么，他的举动和之前没太大区别，很老成地拍着车南轩的肩膀，只是手中的力度没像拍我时那么和蔼，此时有点儿过头了，我能感觉得到车南轩被拍得身体微微朝前倾，如果不是他站得稳，绝对有可能被教练直接拍倒！

“包主任，既然大家都没有事，那么比赛可不可以接下去了？”没有人出事，外校教练也不太在意了，他看向观看台，伸出了食指，“各位同学，虽然比赛期间呐喊是重要的，但请注意安全，知道吗？”

“是——”台上一百余人，大家都相当配合地同时回答道。

我看到包主任总算松了口气，眉宇间深深蹙在一起的皱纹终于展开了，他瞪了我一眼，跟在外校教练的身旁，回到了自己之前的座位。

比赛在裁判的哨声下重新开始了。

因为前面的混乱，我们学校的篮球队状态明显不佳了。尹暮川也因为金雅那么一闹，陷入了不佳状态，几次犯规被判下了场。

而金雅也没有再接着看下去的心思了。

“抱歉夏泽，我答应你不出事的，结果还弄了那么大的麻烦……差点儿害你……”

“哎，我不是接住她了吗？你可别忘了，陪你看的除了钟离，还有我，车南轩。”车南轩用大拇指指向自己，我也分不清他到底是要安慰金雅还是抢占功劳，但金雅在听到他的话后只是不断地摇头。

“别想太多了，没事就好。”钟离温柔地安慰着，或许她就是这样的性格，说话温温的，很柔和，是我学不来的，“要怪也该怪我，如果我那时候不让你跟其他同学一样爬到栏杆上，你也不会被挤倒。"

我该说什么呢？

也跟他们一起说着，幸好没事，不要想太多？不要难过，开心一点儿？

如果真的能开心得起来，还需要谁多说废话吗？

"我不管你是怎么被推下去的，不过以后这样的麻烦请你不要再来找我了。"我沉声说道，当机立断地和她划清了界线。

我能感到她因为我的话而微微颤抖了一下的身体，挂满忧伤的脸蛋蓦然地看着我，茫然不已。

不能再动容了。

不能再心软了。

我只是夏泽，那个被全校同学讨厌、整天看着漫画小说、守着恋人投诉信箱、专门拆散恋人的学生会会长罢了。

就算是反叛，是坏角，不适合我身份、职责的事情，绝对不能允许再发生。

否则……否则……

篮球场关闭的大门不知道何时被打开了，宿星气喘吁吁地站在那里，目光紧盯着我，无声地朝我比画着询问我是否有事。

我摇头，然后绕过了他们的身边，径直朝宿星的方向走去。

04

"幸好他没有计较，否则你知道会有多严重的后果吗？我们学校的篮球队、足球队，那么多的体育生都要靠他介绍在毕业前拿到进入体校的推荐信。你以为是玩吗？你要招惹车南轩我已经随你了，拜托不要再带些乱七八糟的人了，可以吗？如果你觉得管理这个投诉信箱太无聊，那就请你负责学生会的其他事务！"包主任气极了，一大堆抱怨的话如同枪林弹雨一样直往我身上扫。

反正从进入高中到现在，我惹的麻烦也不少，被他叫来训话也不止一次，那么多话加在一起，顶多偶尔洒下几滴口水，其他的都不痛不痒，我走个神就过去了。

“抱歉包主任，我以后一定会好好管理那个投诉信箱的，所以也请你千万别把学生会的事情交给我，那是毁灭性的错误。”我一本正经地说着，之后我看到了包主任露出了恨铁不成钢的表情。

他哀怨地长叹了一声，猛灌了口冷水后，总算火气往下消减了几分。

“唉……夏泽，你的性格我很了解，我也知道，就算我说得再多，你要不愿意听，就什么也不会放在心上，但是一意孤行，总有一天会吃亏的。”我不明白包主任为什么忽然转换话题，语重心长地说起这样的话，这样的口吻换在平时总是训斥人，以脾气暴躁、擅长骂人而著名的包主任身上，我忽然觉得别扭了。

“宿星应该也跟你说了吧？你妈前几天回来了，你最近就别住校了，回去吧。”

“包主任，你不是想要赶我走吧？”

“哼，真要赶你走，你以为你还能留在这个学校？”包主任不屑地轻哼，“就算哪天你不再管投诉信箱了，我也不会把你从宿舍赶走的，小丫头，别总把我想的那么坏。”

他伸手，带有厚厚老趼的手掌随意地掠过了我的头顶，算不上抚摸也算不上拍打，只是那么简单地擦过，连他手上的温度都感觉不到。

“我先走了，宿星在门外已经等很久了。”

“走吧，别再给我惹麻烦了。”

好。我想这么告诉他，可是刚想开口，那个字就卡在了喉咙，说不出来了。

有时候，信心满满的、保证的话，还是不合适那么轻易地说出口啊。

所以包主任，如果哪一天如你所说的，我不再去管投诉信箱了，你就真的……不会把我从宿舍赶走吗？它可以当做我们约定好的条件啊。当然，只是众多中的一个……一个罢了。

我走出包主任的办公室时，应该还是上课的时间，却在门外意外地看到了好几张熟悉的脸。金雅红着眼睛看着我，她抿紧了嘴巴，踟蹰的眼神似乎要跟我说什么。

真是的，之前才好不容易跟他们撇清了关系，怎么现在又凑了上来呢？

我皱起了眉头，双手交叉在胸前："同学，失恋不需要到我这里报到。"

"对不起。"她完全不理会我在说什么，弯下身大大地鞠了一躬，毕恭毕敬的样子让我顿时有些受宠若惊，我往后退了一步，尴尬得连难听的话也说不出口了。

"你这是干什么呢！要发神经跑远点儿，这可是包主任办公室的门口。"我紧张地探了一眼屋子里的人，幸好他现在的注意力正放在一堆文档里，没有理会外面到底发生了什么。

"对不起，我知道夏泽是为了不让包主任怪罪我，才会想尽办法拉我上来，结果自己却摔下去，如果不是车南……车南轩，我……我很抱歉，我知道你是故意装出疏离的样子。我……"

她到底要说些什么啊？乱七八糟的，连语言都没组织好。

我苦恼地听着她碎碎叨叨的话语，我确信我此时的脸色一定很不好看，否则金雅原本已经停止的眼泪怎么会又哗啦啦地掉下来了呢？

哎哟，麻烦你千万别哭了。我不是贾宝玉，哭哭啼啼的林妹妹我可受不了。

“你被包主任骂傻了还是听呆了?”车南轩伸手在我面前来回晃动，原本应该说是帅气的脸因为笑得太欠扁了，让我忍不住想要瞪他。

始终保持沉默的宿星打掉了车南轩的手。他站在了我的面前，我能感到一股阴沉的气息一同袭来，气氛顷刻间降到零点。

不能否认，在必要的时候，一本正经的宿星看上去总比我有气场得多，但我也很少见到他现在这样生气的表情。黑框眼镜上反着厚光，他愤怒的眼神锐利地射向面前的人，压抑的气氛让嬉皮笑脸的车南轩也笑不起来了。

“如果没有其他事，就请各位快点儿回到教室上课去吧。”他终于将凝视着车南轩的目光移开了，“夏泽，我们走。”

“哦，好。”宿星的话让人无法拒绝，我乖乖地点头，跟在了他的身后。

但是身后的人见我们要离开，突然大喊了起来：“夏泽，你还记得之前跟我说的话吗?你说，只要我愿意加入恋人投诉部，我们就是同伴吧?”

嗯?我说过这个吗?

我那时只是看你难过，心血来潮说说罢了，虽然之前还抱着那么点儿兴趣，但被下午的事那么一闹，我现在也完全没了兴趣……如果告诉她，我当初只是想要教唆她来当我手下，帮我做点儿事，让我可以更加空闲，有更多时间看漫画、小说，呃……她听到这个理由，会不会郁闷得想要以眼光杀死我啊?

“嗯……你这么理解也可以。”我模棱两可地回答道。但对方混沌的眸子却不知怎么的明亮了起来，嘴角也随之蔓延起了一个弯弯的弧度。

“那么现在，我下定决心，要做你的同伴，还不算晚吧？”

05

哎？我不是听错了吧？

她现在要做我同伴？

不对不对……我可是在学生会等了她好久，她都没有出现。

如果我不是半路恰巧遇到她，她可能都不打算再遇见我。更何况她会和喜欢的人分开，跟我也多多少少有些关系，她现在……怎么可能会要做我同伴呢？

明明之前是我邀请她加入，而现在，最难以置信的人却变成了我。真是够意外。

“我不是跟你开玩笑，也不是为了道歉才答应的。因为……因为我发现，夏泽是个好人，不像大家所说的那么坏心肠，总喜欢做些恶毒的事情。所以，现在我真的开始相信你之前和我说的话。”

我上次说了什么？

我苦恼地回忆着我究竟说了什么，但因为说的废话实在太多了，我纠结了半天也没想起来。

而她，正在用一种坚信的眼神看着我，好像我就是一盏明灯，照亮了她心里曾经的困惑……

呕，真是个让人恶心得想要起鸡皮疙瘩的比喻……

见我不吭声，她也不再卖关子了：“你跟我说，拆散恋人，因为不希望谁在受伤了之后才知道后悔。但是，如果他们真心相爱，你就会祝福他们。所以……我想要祝福真正的恋人，我想要做夏泽的同伴。”

啊啊啊……你声音那么响干什么！这里是包主任的办公室啊！

他本人就在里面啊！如果让他听到我这些“大义凛然”的话，

我岂不是要被他剥皮拆骨啊！

我又看到宿星开始头痛地揉自己的太阳穴。

“哈哈，这个是我说的吗？那个，哈哈……如果你一定要这么理解也是可以啦，反正我这儿也很缺人手，最近也好久没去看投诉信箱了，咳，如果你有空的话，我们也可以……”

“好！”

拜托了！你别笑了！刚才哭的是你，现在笑的又是你，我可受不了你这样刺激啊。

我忍不住地也感到了一阵头痛。

“她是你信得过的人?”宿星没有看金雅，他的声音缓缓地响在了我的耳边。我茫然地看向他，意外地找到了一丝藏匿在镜片下的担忧神色。

我不知道是该摇头还是点头，半晌才勉强地“嗯”了一声。

“如果是你的选择，我会转告包主任，你不用担心。我想他也会很高兴，你找到了自己的同伴。”

宿星嘴角轻微地扬起了一点儿弧度，不同于之前生气的表情，现在带着一些宠溺，他宽大的手按在了我的头上，同往日一样揉了几下，才准备拂手离开。

“也对，你的确很久没去看投诉信箱了，既然有了同伴就去那里看下吧。学生会还有很多事要处理。”他轻声地说着，语调如同清风一般。

之前，急着要拉我走，也是担心我会被他们伤害吧?

篮球场的事我想多多少少他也看到一些，以往包主任再生气，他都有办法替我说话，但这次他却直接被关在了门外。

我想，他一定很担心我。

所以在看到他们后，才会露出了和他温和的气质完全不符合的严厉。

虽然相处的日子并不久，无法用很长的数字计算，但是，我或许还是有那么一点儿了解宿星的。至少，他在我心里，一直都是个很温柔很温柔的人。

我看着宿星安静离开的背影，不清楚自己到底是哪根筋搭错了，一瞬间心里有股暖烘烘的感觉。

“其实你跟普通人一样，会被轻易地感动，会满怀感激地祝福一个人，这个是赞扬的话，你就不要否认了。”

不禁想起了以前刚遇到他的时候他说的话，我忍不住笑了起来。

这个才不是赞扬，我分明觉得他是在说一个笨蛋，就像刚才的金雅反复地说着，我是一个好人。

有种说不上的讨厌，反倒心里有些开心，但也觉得是特别蠢的感觉。

“啊，好了好了，你要说的话也说完了，现在是不是该轮到本大爷了？”

我还没来得及好好享受这份安静，车南轩这家伙便好死不死地开口了，那懒散得如同街头小混混一般的口吻立刻搅乱了那份祥和，他黑亮的眸子里闪现出精明的光。

“喏，夏泽，对于救命恩人，你是不是应该要表示表示啊？”他倚靠在墙边特痞子地说道。

“表示？哦，你是想滚回外星球是吧？嗯，可以，过来点儿，我的拳头等着呢。”我一手握拳用力地朝另外一只手掌捶了几下，扬起了和他对峙时才有的挑衅笑意。

“夏泽你那是什么意思啊！本大爷可给你当了人肉靠垫啊！你这

小丫头竟然还不怀感恩的心！”

“不好意思，车同学，我的确很感激你，不过是感激地想把你打飞。”

“你！”车南轩气得瞪大了眼睛，我想他应该是在想着该说什么话才能在一句内让我词穷，只是没等他想出来，一旁的钟离就出来帮忙解围了。

“那个，其实不是你想的那样。”她为难地站在我们之间，金雅也赶忙站到了她的身旁，连连点头应和道，“是这样的，因为刚才车南轩帮你，还有我的事，让他女朋友安琪琪很不爽，她看到钟离后更加无理取闹，在闹别扭。”

这个，有点儿嫉妒心的女生都会吧？

自己男朋友对自己不理不睬，整天泡在其他女生堆中，跟蜜蜂一样。谁让车南轩是个花花大少，他活该。

我无动于衷的样子让他们更着急了。

“夏泽，你帮帮车南轩好不好？安琪琪可是在全校发话，如果让她看到有其他女生跟在车南轩身边，她就要让她好看。车南轩要和她分手，可她死活不肯，她还要车南轩付出花心的代价。可是你也知道，车南轩也是因为帮我才会弄得那么尴尬，他……反正夏泽也是专门拆散恋人的，他们既然不合适，那你帮助他们分开好不好？”

啧啧，车南轩的女朋友还真不是一个简单的家伙，敢说那么毒的话……原来她叫安琪琪啊。名字挺天使的，怎么人就跟妖女一样恶毒呢？

车南轩被爆了丑闻，脸色自然也好看不到哪里去，他尴尬地将头撇到了一边，眼角的余光还停留在我身上。

他们会来找我，估计也就是因为全校唯一不怕安琪琪的人，只有我夏泽了吧？

还要用我的工作来套我……车南轩不也是跟我一个部门的嘛！他自己要分手怎么不会拿出自己的职权，老实地说他要打光棍呢！

哼……要我帮车南轩和安琪琪作对，让他自由了以后再去拈花惹草？

想得真美。

“可是他的确是个花心大萝卜，就算没有你，他也会去招惹其他花朵。”

“拜托你帮帮他吧。”我原本想再跟他们绕一些时间，可看到钟离那诚恳的样子，满腹的玩心忽然没有了。

我清咳了一下：“咳，你们说吧，安琪琪提出了什么条件？”

“夏泽你肯帮忙？啊，我果然没看错，你真的是个大好人呢！”

如果可以，我希望金雅不要再叫我“好人”了，因为这是麻烦的开端！

“安琪琪说，如果车南轩有办法让一个女生陪在他身边，不管发生什么事情，都互相不丢下对方，她就不再纠缠他。但是如果车南轩做不到，他就必须留在她身边，直到毕业。”

不是吧……这么变态的要求？

我张大了嘴巴，怀疑地看向了车南轩，他小麦色的皮肤浮现出了微微的红晕，我分不清他到底是感到害羞还是丢人。

不用怀疑，他们既然会来找我帮忙，那肯定就是答应了这个变态的要求。

老天……为什么此刻我情不自禁地想要怀疑，金雅来找我，要做我同伴，也完全是为了留下我，然后把车南轩的麻烦推给我呢？

而我这个笨蛋还感动得掉进了陷阱里！

我一边在心里不断地骂着自己怎么那么没有防备，笨得跟猪一样，一边无力地问道：“你说吧，到底要我怎么做？”

“明天，明天是星期六，一整天，你跟我去‘约会’。”车南轩指指自己，又指指我，咬牙切齿地把“约会”两个字说得特别重，那感觉要多别扭就有多别扭。

我留神地注意了一下钟离，她在听到车南轩的话后，身体猛地颤动了一下，不过她很快淡然一笑，给掩藏了过去。

想要不在意，也是不可能的吧?

不过……既然收到了投诉，那么不适合做恋人的，就必须要分开。

这就是恋人投诉的规则。

不管车南轩以后还会交几个女朋友，扑向多少无辜的花朵，现在让他打光棍，就是我的最高目标!

Chapter 4

欠揍少年的二次投诉

01

花花大少走在大街上，不拈花惹草的可能性有多少?

零！百分之零啊！

我刚站在街口，就看到路的对面，车南轩和陌生的女性聊得不亦乐乎，摆着自认为很帅的姿势，笑得灿烂得就不怕脸抽筋。

“嗨，夏泽！这里！”

拜托，别那么大声叫我，我讨厌引人注目的感觉！

尤其是和你这个怪胎在一起的时候。

女人在看到我之后，知趣地离开了。我低头咒骂着，抬起手中敞开的书遮住了大半张脸，然后快步穿过马路，向他走去。

以往在学校里车南轩总是穿着学校制服，此时换了便装，远远地看去我还是不得不承认，这样的他还是很引人注目。他穿着低领的黑色T恤，外面套了一件很薄的黑紫色外套。装饰性的皮带加上黑色的牛仔裤，显出了他修长的腿。车南轩整体都属于偏深的暗色调，这样一来，他身上唯一几处亮色，就完全凸显出来了。

红色的发依旧张狂，似乎还特别弄了个造型，配着他健康的小麦色皮肤，不像那些小白脸一样给人柔弱的感觉，漂亮的眼睛更是特别明亮有神。我看到了他敞开的领口露出的银色项链，熟悉的花纹，给人第一感觉就是便宜货。

似乎每次见到车南轩，他都会戴着它，但因为角度的关系，我总是无法看清楚刻在戒指上的英文字母是什么。

我想，他身上任何一件物品，都应该比这条项链贵好几倍。

我下意识地扯了下自己的衣角，我穿得是不是寒酸了一点儿?

普通的长袖T恤，什么花纹都没有，跟老头衫一样，一条牛仔裤也已经洗得有些发白，就差没有破洞了，如此清淡的色调站在他的深色旁，仿佛要融进背景里。

唉，谁让我的宿舍里除了校服，只有那么简单的几件衣服了呢?

我似乎自从进入高中之后，就没有到外面逛街买过新衣服了吧?

“你这家伙怎么连手机都没有? 要联系你都那么麻烦。你不会是走过来的吧? 我在这里都等了你快半个小时了哎，我还第一次碰到和我‘约会’的女生会迟到得这么厉害。”车南轩看了眼手表，喋喋不休地抱怨了起来，全然没注意到我难看的脸色。

我是来帮他分手的，不是来约会的!

我不纠正他，他难道打算一直这么说下去吗?

浑蛋……

“哈，抱歉得很，我是专门来破你纪录的。再说你也不是很无聊啊，我看你刚才和那个女人聊得不是很开心吗?”我发誓，我只是想调侃他两句，但话刚说出口我就后悔了。

这话怎么听上去酸溜溜的?

好像吃醋的女生才会说的话……呃……

“啊，你可千万别误会，我只是讽刺你呢，没其他意思!”

“我看上去就那么轻浮，见女的就勾搭吗? 她只是问我路罢了!”

我们两个同时大喊，想要互相解释什么，只是这个状况在安静之后反倒显得更加诡异了。

“对了，安琪琪呢?”我撇开了头，看了一下四周。

既然要跟车南轩打赌，打赌的人却不出现，这有些说不过去吧？

“哦，这个呢……”他从口袋里拿出了一个数码相机，“上面会有拍摄时间，我们只要到一个地方，拍几张就好。她昨天听说我跟你出来，脸都气青了。哈哈，你有什么特别想去的地方吗？我陪同。”

我好想扁这个没心没肺的家伙。之前要他分手，他死活逞强不肯，怎么现在却高兴成这样？

不会我下次再见到他时，他又勾搭上另一个女生了吧？

我在心里想着，越想越觉得冒酸水。

啊啊，我在乱想什么嘛！不管他之后再勾搭上谁，只要有人投诉他，我就一定会让他打光棍！嗯，没错！

好，现在想去什么地方呢？

我在脑袋里快速地思索起了我所认识的地方。

“嗯……如果是去那里的话……”

我和车南轩站在一家店门口，里面堆积着大量的小说书和漫画书，店主似乎把堆书当做了一种特别的爱好，将一本本书当做牌层层叠压，向上延伸做成金字塔的样子。那高度和数量绝对到了让人惊讶的程度，我看到了车南轩张大嘴巴，完全被震撼到的神情。

“店主……是不是你亲戚啊？”

他比画着面前一直堆积到房顶的书，让人极度怀疑哪怕只是进去走几步，都会把书堆给震塌。

我耸肩：“很抱歉，我跟店长一点儿关系都没有。她把堆书当做一种爱好，而我只是因为书没地方放，所以才捆成一堆一堆，顺便解决了学生会没有多余椅子的问题。”

“你那是借口吧！没有椅子不会去楼下搬几把？”

车南轩的表情分明写着“你这家伙就老实承认自己喜欢坐在书

上看书吧”。

“这家店的老板脑袋一定有问题，嗯。”他一边自言自语地说着，一边走进了店里。原本只打算随便地在店里拍几张照片就撤出这个危险地带，谁知老板听到相机的声音走出来后，车南轩立刻就凑了上去。

在我印象里，这家店的老板应该是个五十开外的大妈，怎么现在换成了二十多岁的成熟女性了？

看着车南轩的背影，胸口莫名地变得有些闷闷的。这家书店其实很大，只是因为书堆积得太多了，所以才会显得有些拥挤，而这个环境和我一直待着的那个地方太相似了。唯一的区别是，我那里不会像这里一样热闹人多。

我随手挑选着没有看过的书捧在怀里，不出一刻钟，我的手中已经抱了十几本书，几乎挡住了我面前的大部分视线。我抬高了脑袋努力想要看清楚结账台的位置。

脚步踉跄着，手中的书失去了平衡，来回摇晃了起来。

“喂，小心！”车南轩不知道什么时候站到了我的身旁，猛地扶住了我手中的书，阻止了我要摔倒的趋势。

“呼……幸亏我动作够快。”他顺手从我手上拿走了一半的书，堆在了自己的双臂间，“哈哈，我就知道你一到这地方肯定会变成购物狂。感谢我吧，老板说这里的书全部都打六五折，不错吧？”

“六五折？”

“对啊，如果按原价买的话你肯定会亏死的，哈哈……现在终于意识到我嘴巴的厉害了吧？老板娘真是比你好说话多了。”

车南轩眉宇间无疑是得意的神色，他笑得像个等待大人夸奖的小孩，不含有任何邪气和其他的意味。

他刚才和店主在一起，不是为了勾搭她？而是……想要砍价，要折扣？

我一直都认为，像他这样养尊处优、有钱的少爷，不会对这种事感兴趣的……

“哎，你可别这么看我。我没其他意思！让你陪我出来，我知道你很不情愿，如果我付钱帮你买东西，你肯定又要想些讽刺人的话，到时候气得快炸掉，里外不是人的还是我。嗯，现在这样的结果，你可以接受吧？”

我忽然间不知道该说什么，只能僵硬地点头。

印象里，车南轩不是这样的。

他嘴巴跟我一样，说起话来很难听，我们两个一对话就会互相挤兑，能好好说话的次数掰手指头都能数得过来。

他还特别喜欢旁观，什么事都喜欢做出一副和自己无关的样子，就算对方是女生，她们被欺负，他也不会特男子汉地出头，只会厚着脸皮说自己怕麻烦，把什么事都跟自己撇清关系，是个再糟糕不过的家伙了。

为什么现在，我却会觉得，他很细心……甚至有种，和宿星不一样的温柔呢？

啊啊啊！我竟然会词穷到用温柔来形容车南轩，我脑袋一定是被门给挤了！

“喂，你脑袋是不是被门挤过了？表情那么扭曲。”

我被他的话吓到了，仿佛心思一下子被他看穿了似的，吓得往后退了一步，手中的书哗啦啦地全掉了下来，而更大的响声又接上了，我的背撞到了身后堆积的书山，冲撞使它们失去了平衡，书册顷刻间如同洪水决堤一般倾泻，朝着我这边啪啦啪啦地砸来！

“你被霉神附体了吗？”在脑袋被书本砸中的同时，我听到了车南轩紧张的责备声，那么近，就在耳边，我还能感觉得到从他嘴边呼出的气息，是暖暖的温度。

幸好这个书堆不是我们进来时看到的最大那一堆，也只是比车南轩的个子稍许高出那么一点儿，因为车南轩及时伸手帮我挡掉了一些，疼痛也就没预想的那么重了。

唔……我不会真的被霉神给附体了吧？之前从观看台摔下来，现在又被书堆砸，以前那么多年都不会遇到的事，这两天却特别的多，而且好像每次车南轩都在我身旁……

“是你被衰神附体，导致我跟着一起倒霉了吧！”我不认输地还嘴，随后我听到了他磨牙的声音。

“我们果然应该保持五米距离，然后看看究竟谁是倒霉的来源体！”

02

不能分开，只是保持五米的距离。车南轩走在前面，时不时地回头看看我有没有跟在他后面，还特无聊地适当控制两者间的距离。

浑蛋，有心思管这个，都不知道来帮我分担一下重量！

我随身的背包里塞了满满一大袋的书，十几本的重量压得我腰板都要弯下了，那感觉就跟小学时候领了一大堆的书，却不知道可以把书本寄放在学校里一样，书包鼓得比身体还宽，犹如巨石一般。

来来去去的人群在我身边挤来挤去，书包被他们堵在缝隙之间，我怎么拉都无法从人群中拨离，只能狼狈地被人群带着，勾住拖行。

眼看车南轩变得越来越小，我终于忍不住冲他大喊：“喂，前面被衰神附体的家伙，你还是男人吗？帮我背一下书会死啊？我走不动了！”

如果我还能坚持，我一定不会那么坦白自己的无力。我泄气地将书包扔到了地上，干脆蹲了下来，大大咧咧地敲起了自己的后背。

嘶……难得自己亲自跑出来买次书，怎么会那么痛苦嘛！

“早知道要去那里，就应该找宿星了。”

“很抱歉，被霉神附体的小姐，现在在你身边的人，偏偏就是我车南轩。”

我的面前多出了一双穿着灰色板鞋的脚，车南轩仅凭单手就轻易地把那一大包书拎起，手背抵在了右肩，将书包甩向了自己的身后。仿佛这堆书在他手中，就跟一件薄薄的外套一样轻便。

现在装什么酷嘛！这样拿书，早晚手会麻掉！

“那就麻烦你了，车同学。记得跟我保持五米距离啊。”我抬高了头，目光斜视了他一下，自顾自地哼哼着走到了他的前面。

“夏泽，你怎么能过河拆桥啊！”

“你弄错了，车同学。只有你走的是独木桥，我走的可是阳关道。”

凭什么我要跟在他身后？

让他尝尝我之前被人群拖行，还要努力跟上他脚步时的痛苦吧！

我在心里暗笑，脚步也不禁加快了。

以车南轩的性格，就算有多艰难都会跟上来吧？

起初，车南轩还会在我身后很不顾形象地大喊“没有人性”这样咒骂的话，但之后随着我越走越快，就快接近奔跑的速度后，他终于老实地闭上了嘴巴。

身上有个大包袱，怎么可能比一身轻松的人走得快呢？

走了有一段路后，我得意地回过头想要看看车南轩被人流挤得凌乱狼狈的模样，可……

车南轩他人在哪里？

他竟然没有跟在我后面！

我来回地在黑压压的人群之中扫视，想要寻找到他那抹显眼的亮红，只是车南轩就跟人间蒸发了一样，从我的视线里彻底消失了！

浑蛋，不就是让你拿重点儿的东西，让你跟在我屁股后面做次跟班嘛！你就那么没毅力地撤人了呀！

刚才我不是也这样吗？

我在心里这么想着，忍不住往人群里倒退，想要找到应该还未走远的车南轩。他手里可是还握有我十几本书呢！

哼……他人可以消失，但得把书给我留下啊！

我不担心他！我只是担心我的书！

我走得很急，匆匆地扫视着四周从我身边擦肩而过的人影，在那些平庸的容貌之下，一束鲜亮的红色跳进了我的视线。

车南轩就在不远处的人群里！

如果我没有看错，他现在应该停留在一处，没有动。

再走近一点儿，我终于看清了他那儿的状况。车南轩被两个外貌粗犷、体型庞大的男人围攻着，他们满脸都是骇人的表情，凶煞的眼神如同锋利的刀，路过的行人连看都不敢看他们一眼。

车南轩看上去很为难，他尽量不去注视那两个看上去很黑社会的家伙，往日嬉笑的神态也换作了警惕。

他们是谁？怎么会出现在车南轩的身旁？

而且他们看上去状况并不太好……似乎是在找车南轩的碴儿。

不会是街头小混混看到车南轩这么一个“移动银行”，决定打劫勒索吧？

“你们两个在干什么？”天知道我哪里来的勇气，我自己还没反应过来话就先冲出了嘴巴，厉声的责问直逼他们。

“哦？我还以为是谁，原来是个乳臭未干的小丫头啊。”

“不想见血就快滚远点儿，哥哥我要教训这个不知趣的浑蛋呢。”

我到底是哪里长得让他们觉得我是个手无缚鸡之力的弱女子了？

他们不屑地想要打发我离开，其中一个男人一手扯住了车南轩外套的领口，硬生生地将他帅气的脸拉到自己的跟前。

“这个家伙可是让我们大姐哭泣呢。不给他一点儿教训怎么可以?”

车南轩你不是吧！黑社会的女人你也勾搭?

我承认你家里的背景的确让你在学校里混得很好，连包主任也不敢惹你，尽量顺从你，任你在一定范围内无法无天，但是……出了这个学校，在外面，你还能那么嚣张?

难道这就是传说中的死猪不怕开水烫吗?

我惊讶地张大了嘴巴，而车南轩的脸色此时也好看不到哪里去，看上去有那么一些阴沉，不怎么愉快，又有点儿汗颜的样子。

“我不知道你们两个在说什么。不想被关到警察局里，就给我乖乖松手。”

就是啊，快点儿松手吧！别看车南轩说话语气那么拽，人长得也特别阳光壮实，实际他很废的。我敢保证他除了嘴巴厉害点儿、女生缘好点儿之外，其他一点儿长处都没有，打架更是绝对不会。

皮肤不白，不代表他实质不是小白脸啊。

“哈哈，警察局? 你这个小鬼想把我们关到警察局? 哎哟，我们好怕啊，饶了我们好不好?”

“你是在建议我们，应该先把你打成脑震荡，让你把全部的记忆都忘干净，然后再离开吗? 嗯，我想扁你这个浑蛋已经很久了，要不是大姐一直袒护着你，你以为你还能逍遥这么久?”

他们根本没有要放过车南轩的意思，我想也是他本人威慑的气场不够，达不到吓人的地步，才会让他们那么不放在心上，甚至觉得是个很好笑的事。

两个男人扯着车南轩不放，他们终于不再如同柱子一样定在原地了，互相对了一个眼神后，就要拽着车南轩往不远处的小巷子里走。不好的预感一下子变得浓重了，我刚才还有些玩笑的心态顿时消失得无影无踪。

“你们有话好好说。”我快步走到了他们跟前，拉住了其中一个人的手臂。

妈呀，怎么会那么粗！我两只手都无法包住他一截手臂，我猜他光是个手臂就跟我大腿差不多粗了！男人轻笑，因为嚣张而显得扭曲的脸丑陋异常，他用力一挥，我整个人就被甩了出去，砰的一声摔倒在了地上。

唔……真糟糕。平时总是不去参加体育运动，窝在学生会里晒太阳，现在身体软绵绵的，根本无法和这样野蛮的家伙对抗。

我吃痛地“唔”了一声，听上去倒有那么点儿像是在呜咽。

“你们在干什么！你们要找的是我，跟她没关系！”几乎一直没反抗的车南轩在看到我被推倒后大吼了起来，平时总是带着笑意的漂亮眸子充满了愤怒，虽然还没达到发狂的程度，但我已经完全被震到了。

“哟，你急什么？我们当然要找你算账。”拉着他衣领的男人张狂地说着，他朝身边的人做了个手势，那个人立刻会意，走到我面前，作势要强制拉我起来。

“你们到底要怎么样！打劫、勒索、绑架，还是什么？我不知道你们所说的大姐是谁，如果我伤害了她，就带我去见她，我一定会为我做的事作出补偿！她只是无关的人，你们连这么个无能弱小的小丫头也要欺负吗?!”

车南轩……是在保护我吗？

我从来没听他用这么激烈的口吻说过话。最近总是见到他以往一些我从未见过的样子，这或许是从陌生到熟悉的一个很必经的过程吧。

但是……

但是……谁是无能弱小的小丫头！

你不也是一副无用到极点的弱质书生形象吗？

怒火无形地烧上了心头，但很快我又恢复了理智。

啊啊啊，现在都什么时候了，我竟然还斤斤计较这些。

我应该想办法阻止那两个人伤害车南轩啊！

怎么办怎么办……现在去找警察？可万一我离开了，他们把车南轩带走怎么办？

找路上的人求救？

他们会帮忙早就帮忙了！谁会无缘无故自找麻烦啊！

我在脑袋里预想着各种各样的可能，但最终都以最快的速度一一否决。

“哈，那个家伙还想要英雄救美呢？不过反正我们也没事找你，滚远点儿吧小丫头，你的骨头可经不起我们拆。”

没理会他们，我望向车南轩：“死车南轩，那么狗血的话竟然还好意思说！万一你出事了，被他们打残了，我逃跑之后还能有好日子过吗？”

平时觉得自己还挺聪明的，怎么到关键时候脑袋就偏偏不够灵光呢？

现在的状况越看越像动漫小说里俗烂的场景，只是大部分偏少女路线的故事，都是女角被流氓欺负，然后男角帅气地出现，给他们一个落花流水，成功地英雄救美。

这和现在的状况也差太多了吧！

不过如果车南轩是主角，绝对是热血漫中最最废柴无能的角色。

“你脑袋是不是真的被撞傻了啊？那么皮痒想被他们打啊！”

“你才皮痒，我能像你一样那么没用，被人拉着领子威胁，连抵抗的能力都没有吗?”

我忽然有点儿佩服我们俩，这个时候竟然还能斗嘴。

而且是那种越吵越气，恨不得自己先冲上前给对方一掌的感觉。

“你们两个有完没完!”

“吵死了，想死就直接说!”

两个大块头同时忍耐不住爆发地喊道，紧握起拳头。我想他们的手一定硬得跟石头一样！糟糕了，脑袋肯定要开花了!

我条件反射地双手抱住了脑袋，缩起了脖子，就在这时，我忽然被一股俯冲力推到了一旁。

短短的只是那么两三秒的时间，我看到了车南轩趁对方挥拳的瞬间脱掉了自己的外套，敏捷地躲过了身旁人的攻击，一气呵成地跑到我的身旁，后脑勺直接替我挨下了另一个人的拳头!

他整个人都摔倒在地，痛得五官扭曲在一起，挤出一条条难看的痕迹，完全看不出往日的风度了。

“我说过了，她是无辜的，你们要找碴儿就来找我。”

“你在说什么啊!”我失声地尖叫，我第一次发觉，原来我的声音也可以变得和其他女生一样尖细，而不是那个低沉而压抑的声线。

不要那么逞强了。你又不会打架，跟他们挑衅有什么好处！再说，你不是一直都说你怕麻烦的吗?

就算看到钟离被安琪琪欺负，也不会出面帮她解围；就算自己女朋友不开心了，也不会去安慰她，反倒想着怎么甩掉她的糟糕男生，为什么突然会说出这种正气的话？为什么突然说出这种会让人误会的话?

怦怦……

心跳连同慌张一同让我失措了。

“笨蛋，你还站在这里干什么？滚啊。”车南轩勉强睁开一只眼睛，他的身体被男人死死地踩在了地上，我听到了“嘎巴嘎巴”的声响，包括路人连番爆发出的惊叫。

我不是笨蛋……我才不是笨蛋……

我其实很聪明的，我可以不用怎么读书，不用去上课，照样考到学校第一名。无论是再难的题目，我都会做，我应该什么都懂的。

我应该是讨厌那些用心不专的恋人，我应该是讨厌车南轩的……

可是，可是现在……

我如同雕塑一样僵在了原地，无法动弹，也无法让自己闭上眼睛，恐惧、茫然、失措……太多太多的情绪一下子涌上了心头……

忽然间，我不能解读了。

03

我不知道自己究竟失神了有多久才清醒过来。

那两个小混混最后还是在路人报警下被带走了，连同我也一起被叫到了警察局录口供。而车南轩因为受伤比较重，所以直接被救护车送到了区域内最近的一家医院。

街头闹事斗殴，说小不小，说大不大。当我推开车南轩所在病房的门，看到了绑满了绷带，打着石膏，狼狈不堪的他还露着我熟悉的笑容时，我就忍不住想要喊，他们打得实在太轻了！

否则这个跟蟑螂一样顽强的家伙怎么还能那么生龙活虎地在床上和女生聊天，满脸春风得意？

莫名带有酸味的想法把我惊到了，我使劲地晃了晃脑袋，才注意到屋里正和车南轩说话的女生不是别人，正是钟离。

她一边说着话，一边拿着水果刀细心地帮车南轩削苹果，时而还抬头看看车南轩病床边的桌子。桌子上面摆放了一面镜子及一个闹钟，我想她应该是在注意时间，因为只有车南轩这个自恋的家伙才会时刻照镜子注意自己的形象。

他们聊得很开心，丝毫没有察觉到我站在门口。

钟离切下一块苹果递到了车南轩的面前，见他接过苹果塞进了嘴里，才开口："你真的不打算追究安琪琪的责任吗？那些人可是她认识的，你会被他们打成重伤，也肯定是她教唆的啊。"钟离的目光不离手中削了一半的苹果，但她没有要继续动刀削下去的意思。她的话题围绕车南轩的伤势，口吻里全是心疼的意味。

车南轩没有直接回复，他挪了挪身体，调整了个自认为较舒服的角度，随后脸上堆积的笑容更多了："可是她的诡计不是还没实现吗？夏泽没有离开，所以我也不用在剩下的两年里为她打光棍，偷鸡不成蚀把米，该懊恼抓狂的应该是她。"

"可是你的伤！"

"这个在出门之前就已经预料到了。"车南轩若有所指地降低了声音，就像是自言自语一般，但因为这个屋子实在太静了，除了他们的声音，我再也听不到其他的声音。

"既然选择了她，她的圈子我当然了解。惹恼她，我也知道会带来什么后果。"

车南轩在出门之前，或者说在决定之前，就知道安琪琪会找人来袭击他？

他因为知道自己肯定是躲不过了，所以在遇到他们之后才不躲不闪，任他们嚣张？

那么……那么我……

"我们果然应该保持五米距离，然后看看究竟谁是倒霉的来源体！"

一瞬间，我对脑袋里突然冒出的这句话有了更清晰的理解了。

五米的距离，不算长，但也不算短……足够在人群之中甩掉我。

他认为我绝对会气得离开，但是我却傻得跑回去找他，还跟白痴一样待在了原地。

哈哈，他那么精明，肯定也预料到，和对方走散后，我会掉头去找的可能了。

所以，才会选择我吧。

所以，才不会去找钟离吧。

不是因为大多数的学生都怕我，不是因为我天不怕地不怕。而是因为，我跟他什么关系都没有……

什么关系都没有，所以才可以轻易地做出决定，即使一切不再预料之中，超出想象了，他也不会有太多的顾忌。

我被脑袋里得出的这个答案吓到了，不由得往后退了一步，离开了这间病房。

我……我是怎么了啊？怎么会突然有些失落了呢？

车南轩讨厌我，我应该再清楚不过啊。

我也讨厌他，十分地讨厌他。

我紧皱起眉头，微抬高自己的头，带着不屑的神色自顾自地又走进去了病房，把手中一大袋水果直接扔到了他的怀里。他吃痛地张大了嘴巴。

“哦，夏泽，你要谋杀啊！我可是骨折了，你还拿东西砸我！”

车南轩杀猪一样地吼叫道，可惜身体都被绷带缠着无法动弹，我很想笑，最好没心没肺地放声大笑，只是此刻心里又是一阵莫名的难受，才上扬的嘴角又不禁抿了起来。

钟离安静地将散落在车南轩身边的水果一个一个捡回袋子，放在了桌子上面，挪了一个位置给我。

“啊别，不用给我位置，我只是过来看看车同学到底死了没有。”

我掏着耳朵，用一副嫌弃车南轩怎么还活着的臭脸对着他。果然他立刻就不爽了。

“你什么意思呢夏泽？好歹我还替你挨了一拳，这是你对有恩之人该说的话吗？”

“喊，是你自己皮痒吧？又没有人叫你替我挨拳头。”

“你！是是，我皮痒，我活该挨打，行了吧？还劳驾您大老远过来。您还送水果哪？只不过本大爷是男性。”他一手推开桌旁的水果，用阴沉下来的声音说，“老巫婆送给白雪公主的苹果，又怎么能转交给我呢？麻烦您带回去自己吃吧。”

浑蛋！竟然说我是老巫婆……

你当毒苹果那么容易买啊？

如果我有毒苹果，我一定想都不想就把它送给你这个家伙！

我再度注意到了钟离手中未削完的苹果，识相地拎回了水果袋子。

“不吃拉倒。”

说罢，我掉头就往外走，这回身后只剩下车南轩的喊声了：“喂，夏泽，哪有送人的东西再拿走的啊！你给我拿回来！我跟你开玩笑呢，你怎么当真了啊！毒苹果我也吃啊，你快点儿给我回来！哎哟，我的腰……嘶，你这是对待病人的态度吗？少跟我吵两句会死啊！”

我听到了他倒吸冷气的声音，那么响，我都不知道他是怎么发出来的。

就像是怕我走远，故意大声叫给我听的。

我才没有跟你吵呢。是你叫我带走的，是你先这么说的。

又为什么要弄出一副你只是开个玩笑，我何必当真的样子呢？

我一路加快脚步，不理会他喊得究竟有多大声，不理会身旁的人究竟如何看我。不能停下来，这便是我脑袋中现在唯一确定的。

04

车南轩被安琪琪找来的人打成重伤，只是很短的时间就在学校里传得沸沸扬扬。不管是男生、女生都把安琪琪当做危险的怪物，个个都躲得她远远的，害怕万一被她厌恶，自己也会招惹来血光之灾。

其实如果不是金雅喋喋不休地在我耳边轰炸，她怎么样我都不会在意。之前买的十几本书够我看上好几天了，我才不想理会周遭那些乱七八糟的事情。

“我听其他人说，她要转学了。但在离开麦纳斯学院之前，她一定要见到车南轩，即使被人赶出医院好多次还要进去。夏泽你说她是不是太疯狂了？呃……好可怕啊。”金雅完全把这事当做是鬼故事，神叨叨的口吻在我耳边萦绕，最后她自己倒是怕得先打了个冷战。

“自己做的事情就必须为它的结果付出代价。与其说疯狂，还不如说蠢。”我幽幽地说着，将脑袋从书本中抬了起来，“你今天早上应该去投诉信箱那儿看过了吧？有信件吗?”

“哦哦，有啊！”金雅现在是完全相信了我“拆散恋人，是为了不让人在不公平的恋爱中受伤”这一理论，特别热衷于帮我查看投诉信箱。平白地多出了一个替自己跑腿的人，感觉还不错。

她连连点头，从口袋里掏出了一封未开封的信件放到了我的面前：“最近好奇怪哦，难道是安琪琪的事传得太乱了，所以导致都没有人愿意来投诉了吗?”

“他们想要学习做地下党，但只有那么点儿感情的恋人，早晚都会暴露。”我不屑地勾起嘴角，想起了那些在我面前装模作样的恋人就觉得一阵好笑。

紧张什么呢？没有人投诉，我也不会死皮赖脸地缠上他们，强制让他们分开。

那是吃饱了撑的。

我和往常一样撕开信封边缘处的一条，取出里面的信笺，然后摊开在了我和金雅之间。

夏泽：

你好！我要投诉车南轩和钟离这对恋人。他们完全不适合在一起。

端木太阳

啊……我不是眼花吧？

收了那么多封投诉信，我还是第一次看到有人会在信的最下面标上自己的名字。万一信笺被其他人拿走，让这对恋人知道是他投诉的，那他的处境岂不是会很尴尬？

难道又跟车南轩一样，不怕死？

而且……而且最重要的一点，这个信是不是寄错时间了？这家伙是不是脑袋思路混乱了？

车南轩和钟离不是早就分手了吗？又怎么说得上是恋人？这种不成立的关系，他还蠢得跑来投诉，到底是算消息落后，还是在故意整我呢？

“啊，他的消息还真灵通啊。”金雅的声音冷不丁地响起，我整个人都蒙了。

“灵通？”

“对啊，我还是之前听到钟离说，车南轩接受她的再次告白了。我还很奇怪呢，以车南轩的性格，应该是不会吃回头草的啊。啊！当然我不是在说钟离不好。”

车南轩……和钟离又变成恋人了？

我有些难以置信，当初明明是钟离甩掉他的，怎么现在又回到了原点，又好上了？

开玩笑吧……怎么可能……

我……

第一次亲耳听到由我拆散的恋人重新在一起的消息，一瞬间，我有种被他们耍了一圈的感觉。

除了生气、诧异之外，还有一种我读不懂的心思沉淀在心情的最底层，带着一丝让呼吸变得压抑的力量。

“怎么办啊夏泽？你到底要不要去拆散他们？我觉得钟离他们能重新回到一起也不容易，也许他们是真心喜欢对方呢。”

金雅的脸上露出了为难之色。之前的事让她已经把车南轩和钟离当做了朋友，要让她去拆散自己的朋友，我知道她也很纠结。我想她也肯定清楚车南轩的为人，花心大萝卜的本性不是那么容易改掉的。

想要得到他的真心，那究竟得在他的胸口上挖多深才能找到呢？

“那你希望我怎么做？”我一手撑在了脸颊处，饶有兴致地看着金雅。我只问她的想法，自己不作表态。

“我们，放学后去医院看看车南轩吧？如果他这次是认真的，那我们就祝福他们，好吗？”她小心翼翼地说着，似乎是生怕哪句话忽然惹怒我。

我有那么喜怒无常吗？

“就按你的说法做吧。”我下意识地又瞥了一眼投诉信上的名字，然后将它推开，视线重新回到了那本未看完的书上。

如果这次，这次车南轩是认真的，那我就放过他。

我会让恋人投诉部不再去缠着他，嚷着让他打光棍。

如果他是认真的，真的喜欢上了钟离……

嗯，就当做是他近来总是在帮我的报答吧。

我想我也不完全是个坏人吧？

刚放学，金雅就拉着我去车南轩所在的医院，想到前两天我头也不回地离开时，他在我后面大喊的样子，我怎么都觉得现在再去看他，有那么点儿尴尬。

在到达医院门口的时候，我看到离大门不远处围着很多人，他们就像在街头看卖艺一样，黑压压的人群窃窃私语着，这时，一个声音大叫了起来："让我去看他，我必须要说清楚！说完了我就会离开，我绝对不会做出其他的事。"

那么尖细扎耳的声音，只要听一次就能记住是谁了。

我不由自主地朝安琪琪那边的人群走去。

安琪琪被一个穿着制服的保安拦着，不停地喊着让他放开自己，但依旧没有办法挣开他的阻拦。她的头发和衣服都乱糟糟的，看上去是那么的狼狈不堪。

原来金雅说的都是真的啊。

安琪琪真的在医院里被人堵着，不让进去看车南轩啊。

是她自己找人打伤了车南轩，不让她进去也是理所当然的吧。

我本想抱着旁观的心态离开，只是脚却钉在原地，像灌了铅一样沉重得走不动。

视线无法离开她那双眼睛，和往日不同，没有了那些浓妆，她的眼睛是那么的普通，既不大，也不漂亮有神，我几乎找不到那份她欺负钟离时、勾着车南轩时的那种得意的眼神。她混沌的眸子里渐渐地盈起什么，为她的瞳孔增加了一份光亮，静悄悄地停留在眼眶边，染湿了睫毛，顺着脸颊，一点一点地滑了下来。

"安琪琪。"我嘴巴不受控制地张开了，挡在我前面的人在听到我阴沉的语调后，纷纷让开了一条道。我面无表情地看着她，金雅为难地扯了下我的衣角。

安琪琪安静了，她瞪大了眼睛，或许是想要抑制眼泪继续流下来，或许只是想要在我面前保留最后一分形象。

“让她跟我进去吧。”

保安听到我的话明显为难了，他迟疑着要不要松手。

“你是车南轩他们安排在这儿的吧？你可以问他本人。金雅，你手机里有车南轩的号码吧？”

“有有！”金雅会意地拿出手机，调出了车南轩的号码，然后伸到了保安的面前。

“你就说，夏泽要带安琪琪去看他，他会答应。”连我自己也不知道，为什么我会那么肯定车南轩一定会同意。

话说完后，我忽然觉得有那么点儿高估自己了，对于车南轩来说，安琪琪是个他要扔掉的麻烦，而我，或许也是吧……

如果他拒绝了怎么办？

啊，真糟糕，那么多人在看着，一定会很尴尬、很丢人的。

我仍旧保持脸部不为所动的坚定神情，但心里已经大乱了，所以完全听不清保安在和车南轩说什么。

过了大约半分钟，他终于合上手机还给了金雅，然后松开了抓着安琪琪衣服的手：“你们可以进去了。”

他的话听上去很不服气，但又不能违抗。

安琪琪听到之后，赶紧擦掉眼泪，跑到了我的身边。她始终都没说什么话，只是用怀疑的眼神凝视着我，似乎觉得现在的我很不可思议。

呵……如果是误会了我和车南轩的关系，那你就错了。

虽然我不知道自己是怎么猜中车南轩会愿意让安琪琪跟我进去

的，不过也许他只是觉得一直这么挡着她太麻烦了。

这个理由也一点儿都不为过。

因为害怕安琪琪会突然做出什么疯狂的事，我几乎一直保持和她并排走。一路上她都保持着沉默，如此安静的她让我挺不习惯的。我觉得这样的她，对于我来说有点儿陌生，亦可能我也并不了解她。

才推开门，人还没来得及走进病房，就听到了车南轩特大的喊声。

“哎哟我还以为是谁，原来是你啊，夏泽！会长大人，你这次又打算拿什么水果砸我？”他调侃地说着，还未见到他的脸我就能想象得到他那欠抽的表情。我快步走进了病房。

“很抱歉，我除了带了两个人之外，其他的什么都没带，让你白期待了。倒是你，我还没走进来，就知道是我，那怎么不知道我什么都没带？被打了之后眼睛学会自动屏蔽一些东西了？”

“我是通过镜子看到的！”车南轩咬牙切齿地伸出手，指了指他旁边的镜子，“亏你还是年级第一名，难道你不知道镜子在某个角度，可以看到一些视线原本看不到的东西吗？”

拐着弯说我笨嘛，哼，我了解。

不跟你争！争了才说明我真的笨。

我瞥了他一眼，向门外的人使了个眼色。踌躇在门口，徘徊着不知道该不该进来的安琪琪，终于挪着小步子走到了我的身边。

原本还在得意地笑着的车南轩在见到她后，眉宇间快速闪过一抹阴沉的神色，两秒钟后，他又咧嘴笑嘻嘻地开口了：“原来你还在啊。”

“在和你解释清楚之前，我是不会离开的。”安琪琪深吸了一口气，一鼓作气地开口了，“我发誓，以我人格发誓，不是我让人去打你的。那天你会答应和我打赌，我就知道我们没希望了，我已经放弃了，我根本没有想过要加害于你。”

她说得相当严肃，唯独内容挺让人难以置信。我和金雅都没想到她会把责任推干净，这简直就是在睁着眼睛说瞎话啊！

而车南轩仍旧以一副饶有兴致的样子听着，还很配合地“嗯”了一声：“然后呢？”

“然后？什么然后？”

“你没有想要加害于我，你什么都没有做，然后呢？这就是你在医院外站了整整两天，想要说的话吗？”

车南轩还在笑着，如从前一样痞痞地笑，但那种可以靠近、可以亲近的感觉全无了，他眼底的冷漠是那么的清晰，清晰得连我看到都忍不住感到了一丝畏惧。

“我只是……想说这些。我希望你可以知道，伤害你的，另有其人。我……”

“但这有什么意义？我相信不是你做的，可是事情还是发生了，我相信你不想加害于我，但是我现在还是躺在这里。难道你还不明白吗？主观想法和现实是有出入的，就算你坚持着，仍旧不会有任何结果。”

车南轩到底是想要说什么啊！

以前和他斗嘴的时候都没见过他这么咬文嚼字。说那么含糊难懂的东西，他难道是想把在场人的脑袋全部搞晕吗？

我一动不动地盯着他，保持不语。

气氛被冻结，病房一下子陷入了死一般的寂静。

别扭地犹豫着要不要说些缓解气氛的话，安琪琪却抢在我之前开口了：“你从来……都没有一点儿……喜欢过我吗？”

她说得很干涩，似是从嗓子里挤出来的，卡着喉咙，比以往尖细的嗓音更难听，也更让我感到难受，是说不清意味的难受。

车南轩闭上了眼睛，这次只剩下嘴角的笑了，淡淡的，嘴角弯弯地向上翘着，说道："如果我喜欢上了谁，我一定会亲自告诉她的。"

这个话的意思……

虽然很含糊，但是无形之中回答了很多的问题。

我猜安琪琪在听到这个回答之后一定词穷了。她停滞的眼泪再度盈满了眼眶。

真的不明白，为什么被拒绝了之后，她们都要哭呢？都要露出这样哀伤痛苦的表情呢？

金雅慌张地找出纸巾想要给安琪琪擦眼泪，她应该很了解安琪琪此刻的心情，只是对方和她那时比要不一样得多。

"原来一直都是我一相情愿。呵，我知道了。"安琪琪只是用袖子使劲地擦掉了眼泪，然后抬头学着车南轩的样子，回了一个笑容给他，"你听着车南轩，你一定会后悔的。总有一天，你一定会为你的所作所为后悔的。哈哈，你就当做我是在诅咒你，你给我记好了。"

笑着，却比哭难看，安琪琪跑出了病房，一直到离开，我都没再听到她哭泣的声音，她一直在笑，一直在笑。

我无法告诉她，她笑得是那么难看啊。

真的，别笑了。

05

"唉，真糟糕，以前都是我看别人的戏，现在竟然轮到别人看我出丑了。怎么？你和金雅过来不会就是为了看这场戏吧？"

"不是。"我把心思从门外移了回来，"我和金雅在学校收到投诉信了。"

"哦？原来作为成员待遇那么好啊，会长大人还来亲自给我通报？嗯，不过你也知道我现在没办法行动。"他耸肩，指着自己的样子，明明狼狈不已，但他看上去并不太在意，仿佛也很享受这样受伤时的悠闲。

“不是。这次投诉信跟你有关。”

“我?”

“没错，投诉你和钟离。”我坦白，随后又加了一句，“不是从前漏掉的，而是现在。”

他一愣，然后扑哧笑出了声：“不是吧?那么快学校就有人知道了?哈哈，果然有嘴的地方不管是什么内容都传得特别快啊。怎么，会长大人，你现在是想说服我快点儿和钟离分开，打光棍吗?”

“不。”

“车南轩你不要误会啊，夏泽她这次不是来制造麻烦的。”金雅见车南轩不相信的表情，赶紧帮我说好话，“她只是想问你一些问题。”

“问题?”

“没错。”我脑袋里酝酿着要说的话，希望尽量能以最少的话来表达清楚自己的意思，但来回想了好几个问题，最后都觉得有些烦琐了。最后，我只能全部舍弃。“我只问你一个问题，你是真的喜欢钟离吗?你最好老实回答。因为，如果你是真的喜欢钟离的话，那我发誓，绝对不会再给你们制造麻烦，无论是谁投诉你们，我都不会再插手的。”

这下，车南轩彻底地呆住了。

之前无论安琪琪说什么，他都不气不恼、游刃有余的样子，可是现在，他的表情要多傻就有多傻，似是听到了多荒唐的事。

半晌，我才听到了他结巴的声音：“你说……你不来骚扰我了?你不要我做光棍了?”

“对，就是你听到的那样。”

“夏泽，你脑袋是不是也被他们打了，所以不正常了？难道你是因为一直都说不过我，所以提前认输放弃啊？”

认输？开什么玩笑！我夏泽怎么会轻易认输！

只要是我认定的东西，就算是再不可能实现的事，我也会咬紧牙去实现它。

但是……但是……

“你还是，把恋爱当做游戏吗？”

什么叫做提前认输？

只有游戏，只有挑战，才会有输赢……

为什么在他的恋爱里，在他和钟离的恋爱里，却要有我的输赢！

我的思路一下子纠结在了车南轩“认输放弃”这四个字里，完全想不通了。

“那你觉得我应该把它当做什么？”

“啊！钟离！”

金雅和车南轩的声音同时响起，钟离不知道站在门口有多久了，自从安琪琪离开之后我就没有再注意过门口的情况。

她显然是听到我和车南轩的话了，脸色看上去特别难看，但腰板还是挺得笔直……

安琪琪是……钟离还是……

凭什么！车南轩，你到底凭什么这么伤害她们！

就因为你会花言巧语，就因为你长了一副好的皮囊，所以就可以说那么不负责任的话，所以就可以不理会她们的心情吗？

他简直……简直比我所见过的全部男生都要糟糕。

手不由得握紧成了拳头，我用尽全力，指甲都扎在手心上，疼痛的感觉很清晰，但此刻，我只想覆盖住心头那份不知名的隐隐作痛的挣扎。

“你听着车南轩，如果你只是把这当做是游戏，那么，我夏泽，一切奉陪！”

“好啊，我等着。”

拜托了，别露出这样忽然松了口气的样子好吗?

别又这么愉快地笑了好吗?

你是白痴吗？你难道一点儿都不明白门口的人的哀伤吗?

还是……你是故意的?

你故意让别人因为你难过?

别这样了，车南轩……

我越来越不明白了……

我所看到的那些画面、那些片段，到底哪些拼组在一起，才能变成一个真正的、我能了解的你啊?

Chapter 5

短暂停止的恋爱游戏

01

我离开医院的时候天色已经很暗了，而金雅因为不放心钟离，还是选择留了下来。

那时候我有点儿分不清，钟离和安琪琪比起来，到底谁算比较幸运呢?

也许是钟离吧，因为她身边还有人陪着，在医院里，在学校里，都不是一个完全被孤立的人。

但是，这些幸运，怎么在遇到了车南轩之后都变了味呢?

我脑袋里乱糟糟的，太多的东西拥挤进来，让我根本没有留意自己走上了一条并非通向学校的路。当我回过神时，我已经站在了一幢楼下。

天彻底地暗了，黑色的夜空里看不见一颗星星，虽然我的视线里仍旧是一片昏暗，但城市的昏暗比起郊外，还是明亮了太多吧。

我按下了铁门外的楼房门铃按钮，轻呼了口气。

并没有等太久，门铃接通了，对面是一个疲惫的女声，还带着倦意。

“谁啊?”

现在顶多才只有七点，她怎么会那么早就睡了呢?

“是我。”我低声回应，没有报自己的名字，但是我明白，她能听出我是谁。

“夏泽?”随后我听到了大门被打开的声音。

楼道里比外面更黑了，我连跺了好几脚都没见声控灯泡亮起。

我已经一年左右没回来了，连这些灯泡什么时候坏的都不知道。

摸黑地往楼上走着，我生怕踩错了台阶被绊倒，所以每一步都走得相当缓慢。

五楼，我走了很久才到达，而门口已经有人等在了那里。

屋子里还是熟悉的摆设，太久没有被动过了，她回来之后也没有想要改变。

“学校里学习那么忙吗？所以一直都赶不及回来?”女人关上了门，然后就往厨房里走，“晚饭应该没吃吧？我做给你。”

“嗯，好。”

我们两个人之间持续着短暂的对白，有一搭没一搭地说着。

我的口才算不上好，也算不上糟糕，只是每次面对她，我都不禁感到词穷。

真的……是很糟糕的感觉。

第二天一早我坐公交回了学校。其实我想跟她说声再见的，可是那个时候她还没有醒，我犹豫了好几分钟，还是选择静静地关上了门。

刚到学校我就跑进学生会，寻找起了学生的资料。

这种事在不久前查尹暮川时才干过。想不到现在这么快我又要去查另一个人。

唉……

端木太阳……

在学校里复姓的学生本来就不多，名字还那么直白的更加不多。

人人都说很多大人给孩子取名，选择词语都是因为对他们寄托了一些希望，那么太阳，就是希望他能跟太阳一样，无私、温暖、阳光吗？

就在我翻到他的资料，看到他的照片后，我彻底无语了。

这是什么？这个人就是端木太阳？

有没有搞错！

就算名字要跟样子不符，也不用出入那么大吧？

他名字那么阳光，可形象却是不折不扣的颓废。厚得堪比啤酒瓶底的眼镜蒙着一层厚厚的光，掩盖了镜片下的那双眼睛，配着几乎遮蔽了他鼻子以上部分的毫无特色的刘海。从照片看上去，他的皮肤呈现出一种很不健康的白色，瘦弱的体形就算是再不会以眼观人的家伙都看得出，他一定是那种在操场上跑个 800 米就会昏厥过去的书呆子！

这样的人不是应该沉浸在书本里，整天以读书、考试为目标，拼死奋斗的吗？他怎么会关注恋人投诉信箱？去关注和读书无关的消息？

而且……那个消息还那么及时。

连金雅也只是才听钟离说罢了……

我拿起贴有他照片的资料纸，身体靠在椅背上，将纸伸在面前，对着阳光。

哦……如果让车南轩知道，投诉他的人是这么一个走在学校里，都不会让谁多注意一眼的书呆子，他会有什么想法呢？

端木太阳……呵呵，等会儿我得好好地会会他。

沉闷了好几天，有些昏昏欲睡的我突然对这个家伙来了兴趣，忍不住发出了几声阴冷的笑，随后我听到了有什么东西重重撞在门上的声音。

金雅身体紧贴在门边，完全警惕地打量着我，半天才颤颤巍巍地问道："夏夏……夏泽，你……没事吧？笑得那么可怕。我……"

我汗颜地将脑袋抵在了桌面上。

我只是冷笑，再普通不过的冷笑罢了！

我不是鬼，不是妖怪！麻烦你别再用这种惊恐的眼神看我了！

端木太阳是高三的应考生。刚走到高三年级的楼层时我就感到了明显的压抑感，虽然现在已经是下课时间，但走廊里只有寥寥几人，往大门敞开的教室里扫一眼，就能看到一个个人头埋在叠得高高的书本里，好像被活埋一般。

他们完全沉浸在书本的世界里，丝毫不理会外界的情况，所以当我走进端木太阳所在的教室时，也根本没有人注意到我。

"你就是端木太阳？"

我站在一个男生面前，他的头发过于凌乱，偏长的刘海遮住整个额头，配上一副堪比啤酒瓶底的眼镜，比之前在照片上看到的模样更加颓废了。

他蓦地抬起了头，同时堆在他桌子上的书也哗啦啦地倒了下来，声响突兀地打破了此时教室安静的氛围，惊动了一群同学。

"啊！那不是夏泽吗？天啊，是谁把她放进来的！"

"老天，我不是眼花吧？夏泽哎。难道我们班还有被她盯上的男生？"

……

不知道是谁多嘴地大喊了一句，大家都纷纷惊呼了起来，我忽然有种被当小丑观看的感觉。

拜托！我又不是花痴女，谁要盯上你们这群书呆子！还有，什么叫"谁把她放进来的"？明明是你们自己班级大门敞开，没有注意到我进来好不好！

我下意识地皱起了眉头，愤怒地瞪了一眼身后的人，然后一手拍在端木太阳的桌子上，沉声说道：“你是端木太阳？给我投诉信的人？”

在场的同学渐渐安静了下来，他们的注意力已经全部落在了我和端木太阳的身上，个个原本呆滞的目光顷刻间散发出了光芒。

端木太阳并没有因为被其他人注视而显得僵硬，他扶了一下眼镜，接着点了点头：“嗯，是我。我听大家说只要觉得有什么恋人不合适，就可以向你送投诉信。而你，就一定有能力拆散他们，是这样吧？”

“那是当然。”

“既然这样，请你千万不要让他们在一起，那只会让他们更加不幸。”他的表情十分严肃，与他自身那邋遢的模样相称，有种不伦不类的感觉。

“因为车南轩是个花花公子？你怕钟离受伤？”

“不完全是这样。”

“哦？怎么说？”

他含糊的回答勾起了我的好奇。以往别人投诉车南轩的理由都是因为他花心，而现在端木太阳却说不只如此。难道车南轩又在不知不觉的情况下被他发现了另一个陋习？

“直觉。”端木太阳吐字清晰地说出了两个让我汗颜的字，他的表情依旧特别认真，看不出任何开玩笑的成分。见我不做声，他又补充了一句，“不管你信不信我，光前一个花心的理由也足够了吧？”

端木太阳的话让我无言。

的确……

理由可以各种各样，但在恋爱的事上，花心就是一个硬伤，它的存在注定会让一方受伤，因此只要有这一个理由，就足够说明，他们不合适在一起了。

“所以，请你拆散他们吧。”他简单地下了结论，结束了我们之间短暂的对话。

我语塞着，一动不动地盯着他，那个普通的脸，没有特别出众的外貌，本应该轻易让人遗忘，但一时间我却觉得他的样子是那么的深刻，尤其是那双被挡在镜片后面的眼睛。分不清是不是错觉，我总觉得从刚才开始，他就没有真正地和我对视过，视线总是与我偏离，更像是为了逃开我的目光似的。

生怕，被我看穿什么。

生怕，被我发现什么。

可是……他要避开，不让我知道的又是什么？

难道，是我自己多虑了？

我找不到答案。

02

因为端木太阳的投诉信，我又开始每天放学像狗皮膏药一般缠在了车南轩的病房里，发足马力做一个瓦数十足的电灯泡。

不给任何一个可以让钟离更加亲近车南轩的机会。

在这期间，我曾找过钟离，劝说过她离开车南轩，但是这次她下了很大的决心，如果不是车南轩甩了她，她就绝对不会再说分手。

唉……所谓好马不吃回头草，尤其是车南轩这种哪儿风大往哪儿倒的墙头草，他除了这张脸和嘴巴还可以拿来显摆之外，还有什么可以吹嘘的？

“哎！夏泽，我跟你说，本大爷的优点可不止这副好皮囊和能说会道的嘴巴，你作为学生会会长难道就没偷看过我的资料吗？”

今天，当我刚走进他的病房，他第一句话就开始往自己脸上贴金。

“不好意思，我看资料一向都是正大光明，从来都不需要偷偷地看。不过你实在太高调了，我不用看资料也知道你是个花心大萝卜。”

关于车南轩的事，全校都传得沸沸扬扬，就算我不闻其事也总能听到关于他的乱七八糟的流言，所以经他这一说我才想起自己收到那么多投诉信，还是第一次没有查看被投诉人的资料。

他撇撇嘴，一副不满的样子。我本以为他会接着说下去，谁知道他只是沉默了两三秒，就主动地将话题转移到了钟离身上，和她热络地聊了起来。

笑得跟偷腥的猫一样，和钟离亲热的样子仿佛是故意做给我看，等着我爆发似的。

好奇怪……

以前不管是对自己有利还是没利的事，车南轩总会跟我争上几句，怎么这次，这件事上明明是他占了优势，却不接着说下去？反倒自认吃瘪了？

我不习惯地站着，看着不再和我多嘴、与钟离聊得不亦乐乎的车南轩，胸口莫名地感到了一些难受，就连之前还得意的笑也咧不起来了……

真是的，车南轩你炫耀什么呢！别装得那么皮厚，以为我真的没办法拆散你们吗？

哼，等着吧，我就不相信车南轩这个家伙还有什么特别的长处。哼，等我明天看完，一定过来好好地讽刺他两句！

我在心里强调着，然后又重新挂上了之前的笑容，将矛头重新指向了他。

然而，我这个小心思最后还是没有成功。

车南轩个人资料上的内容完全出乎了我的意料。

他竟然是麦纳斯学院和另一所全国重点名校的交换生！而他资料上谈到最多的就是关于他在电脑程序方面的成就，那些奖虽然我从来都没有听说过，但光看那个数量就足够让我惊叹了……

天啊，这么一个整天只知道沉浸在女生堆中交女朋友、不务正业的家伙，怎么可能那么厉害……

电脑啊，这种东西我一直都认为只是那种整天不出家门、资深的宅人兼网络爱好者才会的东西……

我也只会一些基本的东西罢了。

同样来找资料办公的宿星不知道什么时候走到了我的身旁，他看到我面前关于车南轩的资料，意味深长地长叹了口气。

“是假的吧？这个都是他花钱买来的假证明吧？”我难以置信地喃喃着，连忙合上了面前的文件夹。我想要从宿星的眼中找到一丝肯定的目光，但对方的眼神里只有惋惜之意。

“他高一下学期刚转到麦纳斯学院的时候，曾经是学校最重视的学生之一，可惜家庭背景太好了，反倒让他对读书这种事没有了兴趣，于是本末倒置，最后也就变成你现在所知道的那样了。”

这个……这是所谓的迅速堕落？

我忍不住怀疑，车南轩从前究竟是什么样？一如现在一样，花花公子？还是……另一种我所没有见过的模样？

恍然间，我发觉我对他的好奇在不经意间倍增。

或者说，那种好奇早在我无意识之中不断地增加……增加？

“夏泽，听我一句，他的事不是你能管得了的，我们谁都不知道他心里在想些什么，在惹来大麻烦之前，不要再去招惹他了，好吗？”

宿星双手盖在了面前的文件夹上，坐在了我的对面。原本还算活络的气氛就在他坐下注视我的同时一下子变得凝重了。我尴尬地将背贴在了椅子上，对于他的话露出了些许不知所措的表情。

进入了高二之后，宿星总是忙得不见踪影，我很少有机会和他面对面说话了。

忽然这么无干扰地认真对话，我反倒不习惯了。

“应该没关系的吧？车南轩把恋爱当游戏，所以我现在再怎么去找他麻烦，他也会当做是一种游戏吧？谁会……对游戏认真呢？”

我脑袋里有些空白了，一些话无意识地就脱口而出了。

宿星的这番话我已经不是第一次听到了，不管是包主任还是他，从一开始到现在，总是这么跟我说，让我不要去接近他，不要去招惹他。

听了那么多遍的话，本应该变得随意了，但在我说出这话后，却怎么都感觉不到坦然。

“你真的，认为这只是游戏？”

“难道……不是这样吗？”

真的，只是游戏啊。不管怎么争怎么闹，也只是游戏罢了。

因为大家都对这个游戏感兴趣，所以我们继续着。当某天他不想再玩下去了，我也不会再这般找他麻烦，和他斗嘴了吧……

嗯，不会了……

我想要勾起自己的嘴角，想要露出一个无所谓的笑，只是面容僵硬得我笑不起来。

真是的，我怎么了嘛！昨天从病房回来整个人就怪怪的。天气明明很灿烂啊，也没有遇到什么烦心的事，心情怎么会突然有些压抑呢？

啊啊啊，夏泽你到底是哪根神经搭错了嘛！

“唉……”

我使劲地摇头，与此同时我听到了宿星的轻叹，他起身将手伸到了我的面前，厚实而宽大的手掌一如之前，温柔地落在了我的头上，将我的头按向了他的胸膛，比以前的抚摸更靠近一些，他自身的体温一下子涌到了我的身上。

温度萦绕着，我愣住了。

“那天，我果然不应该放你一个人和他们在一起，独自离开。”

哪次？他说的是指外校老师来参观那天吗？我困惑地在记忆里搜索着。

“啊，夏泽，我现在来结束游戏，还来得及吗？”

我张大嘴巴想要叫他的名字，可声音卡在了喉咙里说不出来。他这是什么意思？

什么叫结束游戏？这是我和车南轩之间的事，他怎么来结束？

“我……”

“别忘了，我也是恋人投诉部的成员之一，车南轩的事情就交给我吧。很快你也会有其他任务需要完成的。”

“你是说，你要亲自出马，让车南轩和钟离分手？”我错愕地叫出了声，身体不由得往旁边挪了一步，脑袋便离开了他的手心。

要知道，宿星和包主任一样，可是出了名的快、狠、准，不管是多麻烦的事都能在最有效的方式之下结束。但宿星要做的事情太多了，以往若不是特别麻烦的任务，他根本不会亲自出手。

这次……

我忽然有种不好的预感，不知道是对车南轩、钟离，还是……另一个谁。

而之后的那句“其他的任务”，没想到只是在宿星离开之后的一会儿，我就接到了包主任的电话，通话的内容正是关于几天之后的七日学农。

“嗯，夏泽，经过我和宿星两人的商量，我们决定让你这个学生会会长派上用场，所以原本学农期间一部分由宿星负责的工作现在委任于你，你放学以后记得来找我，我跟你大致交代一下准备工作。”

哎？我不是听错了吧？

包主任是说，让我这个挂名的学生会会长派上用场？

所以……要把宿星的工作丢给我？

啊……怎么可以！我进学校那么长时间，除了偶尔接待一下外校的老师，还净惹麻烦之外，根本没有做过其他的工作啊！

把这些事交给我，不是注定全部搞砸嘛！

怪不得宿星会说要来解决投诉信的事……原来……原来他们从一开始就预谋好了啊！

包主任的话不容我半点否决，我还没来得及讨价还价，对方已经挂断了电话，只留下了一串“嘟嘟”的忙音。

我无力地垂下了脑袋，额头贴在了堆满小说书的桌面上，黑暗笼罩下来，我欲哭无泪。

03

学农只是七天，可幕后人员的工作安排可是密密麻麻地写了好几张纸，即使宿星和包主任只是划分给了我一些简单的工作，总结下来也差不多要撑满一整张页面了。

上面根据时间顺序详细地罗列了各种各样要做的事情。比如什么时候有重要会议，到哪里报到，什么时候要做些什么报告，准备一天活动的必要物品，把老师的旨意下达给每个班的学生，等等，光看着我就觉得一阵头痛。

“包主任……你还是把我放回去吧……”

“不行。”

我哭丧着脸，就差没有挤出几滴眼泪给包主任看了，而他仍旧不肯退步，表情坚定地摇头：“有时间跟我讨价还价，还不如现在就开始做准备吧。学农第四天有篝火晚会，你在这之前得做出一份活动方案给我。"

你让我写一堆拆散恋人的理由，胡编乱造我可以洋洋洒洒地写好几千字，可是活动方案……这种东西以前只见宿星做过。交给我，你就不怕被我搞砸，惨不忍睹到让人想要在现场扔烂菜皮吗？

然而包主任跟我终究无法心灵感应，我满腹的牢骚最终还是没能传到他那儿，最后我还是拿着写满工作条目的纸灰溜溜地离开了办公室。

接下来的几天，我可以说完全死在了学生会里，平时堆满桌子的书本都被宿星理到了墙角边，空出了一整张桌子给我工作用，附加了一台全新的笔记本电脑。可惜，它的用处只有办公……

为了尽快拟订出一份合适的活动方案，这几天我绞尽脑汁，几乎没有离开过这个房间，整个人都扑在了电脑上，恨不得钻进屏幕里，就连伙食都是由宿星和包主任送来的。但最悲剧的是，不管我怎么卖力，交了数十份文档上去，还是没有一份通过！

啊啊啊……活动方案这种鬼东西再给我写多少次都是无法合格，包主任这次干吗那么死心眼儿，就是不肯放过我嘛……

疲惫地敲打着键盘，我的脑袋都快贴在了桌子上，这麻烦又无聊的日子再多过一天都觉得要抓狂，真不明白宿星这一年是怎么熬过来的……

难道他就没有快疯掉的感觉吗？

唉……说到宿星，也不知道这些天车南轩和钟离的事他解决得怎么样了？不会已经成功解决了吧？

敲击着键盘的手莫名地停了下来，我晃了晃脑袋，随后迅速地删掉了面前一段不合适的文字。

唉……还是先处理好自己的事情，再去管其他事吧。

终于，在暗无天日的忙碌下，学农的日子到来了。我总算不用再去答理这台快让我吐血的电脑了。只是当我拿着行李离开学生会时，在楼下看到了一个许久不见的人。

车南轩。

他怎么会在这里？不是还在……医院里养伤吗？

“哟，夏泽，几天没见你，怎么一副死翘翘的样子？不会是被人虐待了吧？”一个调侃的声音蓦地响了起来，熟悉的声调带着讽刺欠扁的口吻，他站在不远处的面包车旁嬉皮笑脸地和我打着招呼，但那表情跟挑衅没有任何区别！

明显，此时车南轩的精神要比我好太多。他斜靠在车门边，身上的纱布、绷带、石膏都已经拆掉了，唯有脸上还残留有一些淤青，但这些痕迹并不影响他的外貌，反倒多了几分放荡不羁。

之前看他还躺在床上，跟废物一样被人伺候着，怎么转眼间就都好了？

这恢复能力也实在是太快了一点儿吧？

我快步走到他面前，故意夸张地张大嘴巴，上下打量他，吐字清晰地说道：“啧啧，果然是小强的命啊，之前被打得快散架了，现在竟然还能组装起来。喏，车同学，你上辈子一定是某个知名品牌拼装系列的玩具吧？”

“哈，我能好得那么快也是托你的福啊。至于我上辈子的事可得等你去了黄泉，自己问孟婆了。”

浑蛋，才见面就诅咒我死……哼！

“不客气，我想你应该死得比我早，到时候我直接问孟婆，你投的是哪家的猪胎就可以了。”

“哦，原来我下辈子是天蓬元帅啊。”

见他恍然大悟地点头，笑得异常灿烂跟开花似的脸，我瞪大了眼睛，半天也吐不出一个字。

“好了，抓紧时间快点儿上车吧。我们已经比大部队慢了半个小时了。”包主任敲着车窗，眉宇间早已带上了一抹不悦，但因为车南轩在场，他还是没有把嘴边愤怒的话喊出来，只是烦躁地催促了两句。

平时在学校里，同学们只要一看到我就会沸腾，我几乎不和他们待在一起上课，更没有特别所属的班级，因此就算出去，我也不会挤进其他班级的大巴，而是跟宿星一样，坐在包主任的车子里。

但是，为什么车南轩这家伙也要掺和进来！他这只大蜜蜂就不会挑女生多的大巴坐吗？反正又没有人会管他！

车南轩注意到了我嫌弃的目光，偷偷地做了一个不屑的手势，然后带着满意的表情坐进了车里，那种得意表情让我恨不得往他脸上狠狠地踹一脚才解气。

唔……让我一路面对这个家伙可恶的嘴脸，我还不如回去抱那台电脑，纠结活动方案来得轻松！

“夏泽，你把这个忘了。”我才在心里抱怨着，宿星就大包小包地拿着一堆东西出现在了我的身后，而他怀中，最上面的东西正是折磨了我好些日子的电脑！

把这个东西拿来干什么！我是去学农，不是去参加电脑爱好者协会！

“包……包主任！我昨天晚上不是把方案发给你了吗？”

“哼，你还好意思说。就是我之前太放纵你了，随你怎么混日子，才会让你除了知道读书和恋人投诉的事情，其他的事全部都不会干！你说你好歹也是学生会的会长，连个简单的活动方案都写不出来，还想偷懒？再给你两天时间，如果还交不出来，我就让人挖个坑，亲自把你埋了。省得让人家知道我手下还有那么无能的学生。”包主任透过车窗瞥了我一眼，完全不理会我的窘状。天知道他最后那句活埋的话到底有几分发自肺腑。我忍不住打了个冷战，而车子里的人很不给面子地直接哈哈大笑了起来。

唔……讨厌……

为什么对车南轩就好言好语，到我身上就劈头盖脸那么一堆批评的话……

我又没有想要偷懒，写不出来又不是我的错……

“笑什么笑！你有能力就帮我弄啊。”我从宿星那儿拿过笔记本电脑，一屁股坐在了车南轩的身旁，啪地打开电脑推到了他的面前。光亮的电脑屏幕映出他的脸，还有那头嚣张的红发。我看到了那条一直挂在他脖子上的项链，因为特别近的缘故，我隐约地在指环里看到了“OS”这两个字母，但其他几个符号被衣服遮住了，我无法看见。

车南轩突兀地愣了一秒。

我目光一直在注意他胸前的项链，并没有看到他的神色，只是听到他干笑了两声，随后将头撇向了一边，我的视线便被他的肩膀挡住了：“别开玩笑了，我还等着看你被活埋呢。”

“哈，活埋？那你此生无望了。”

俗话说，不吃馒头争口气，就算是死撑，我也要把东西做出来，气死你！

让你敢嘲笑我！

04

高楼一点点地退去，平房在视野里出现，农田和树木增多了，一路上反倒看不见有几个行人路过。越靠近学农的地方，地面就越发泥泞，我坐在车子上被颠簸得都快要吐了，放在腿上的笔记本电脑也险些被颠落。

经过近三个小时的车程，我们终于来到了学农基地。

不大的空间里有了两排单层的宿舍，灰蒙蒙的墙壁上还有着霉变的痕迹，不用走进屋里，就已经能够感觉得到那种穷酸潦倒的意味了。因为比大部队已经慢了半个多小时，所以当我们下车的时候，四周已经满是穿着麦纳斯学院校服的同学了。

不宽敞的空间几乎被他们占满，拼命地拍打着带着臭味的棉被，灰尘一阵阵地从棉被里扬出。在两排宿舍之间，是一排很长的水槽，水槽上装了十几个水龙头，可从里面冒出的水带着淡淡的铁锈色。

这种糟糕的水质哪里是让人洗手的嘛！分明就是越洗越脏啊！

“麦纳斯什么时候穷困到这种地步了……”一旁的车南轩也看呆了，他一动不动地盯着面前的房子，然后一手托住了自己的下巴，捂住了张大的嘴巴，“有没有搞错？这种地方怎么能住人！不是说学农是住在旅馆里的吗？”

住的是旅馆、公房什么的我都无所谓，但是这并不代表我完全不会挑剔啊！这种糟糕到极点的地方，不要说住七天了，就是住一天都会觉得浑身痒痒啊！

“旅馆？如果真的住那里了，还能叫什么学农。”包主任停放好了车子走到我们身边，表情异常镇定，“这里已经是附近最好的学农基地了，至少伙食方面是学生自己安排，不会出现有死虫子这样的东西。”

死虫子？

虽然经常能听到关于无良饭店里把混有死虫子的菜拿给客人吃这样的新闻，但是每次想起来都会觉得一阵胃疼。

连我都恶心得想要吐了，就更别提我身边这个大少爷车南轩了。

他听到包主任的话后脸色顿青，捂住嘴巴的手无神地盖住了大半张脸，我感觉他快要昏厥了。

“车南轩，你们终于来啦！”一个明朗的声音从被堆中冒了出来，不远处的金雅推开了被子，使劲地朝我们招手。而钟离就站在她的身边，在看到车南轩后，钟离平静的脸上很快蔓延开了笑意。

那种无声的甜蜜目光，根本不像是来自一对已经分手的恋人。

难道宿星还没有下手分开他们？还是说车南轩实在太顽强了，所以就连宿星也找不到合适的方法搞定他？

“Darling，如果这里不是有你，我现在一定马上离开。”车南轩又是满嘴的甜言蜜语，可他的脸色并没有因为看到钟离而增加几分活力，仍旧是副委靡得半死不活的模样。

包主任就在旁边，我想也只有车南轩敢这么肆无忌惮地和钟离谈情说爱。

我能感觉得到包主任身边变得压抑的气息。

快点儿爆发啊！快点儿把这个花花公子给轰炸掉吧！

我在心里大喊着。而对方除了沉默还是沉默，最后干脆哼了一声，转头往寝室的方向走去了！

太不公平了！为什么每次都这样！

包主任，你就不能体现一下你的雄威，打压一下车南轩这个家伙吗？

我愤怒地瞪着车南轩，咬牙切齿恨不得掺和到他们中间做回那只硕大的电灯泡。

“夏泽，我和你交换一下工作吧。”宿星轻拍了一下我的肩膀，猛地拉回了我的思绪。

“工作？”

“对啊。我觉得让你写活动方案的确有些困难，所以还是交给我吧。”

“真的？宿星，你真是太好了！我就知道你不会像车南轩那浑蛋一样见死不救的！”我兴奋地大叫，故意在说到车南轩名字的时候把音调升得很高，唯恐他听不到。

宿星不语地淡笑着，手掌落在了我的头上，和往日一样的轻柔，带着宠溺，很舒服，没有丝毫被当做猫狗的感觉。

“喂，夏泽你那是什么意思？什么叫我见死不救！”车南轩仿佛瞬间复活过来，中气十足地在我身后大喊。

哼，难道不是吗？

刚才在车子上，是谁说要看我被包主任活埋的？

我不屑地抬高头，装作没有听到他的话：“那宿星我要帮你做什么？嗯，你放心，只要不是这种需要用电脑的事，我一定都能做到！”我信心满满地拍了拍自己的胸脯。

“嗯……早晚查房，还有食堂伙食，你选一个吧。”宿星仔细地考虑了一会儿，然后说出了两个听上去还算简单的事情，“查房唯一的缺点就是要很早起来，准时到老师那儿报到。至于食堂工作，详细的我还不了解，不过应该是偏体力一些的事。”

自从不用去教学楼准时报到上课之后，我几乎每天都会在寝室里睡到自然醒才起来。

要我早早地起床那简直就是做梦！

我想都没想就选了后者。

虽然体力活听上去很劳累，不过伙食啊……

这种东西如果掌握在我手里，嘿嘿……那我想伺机在车南轩的饭菜里做点手脚也就……

我越想越得意，最后干脆阴笑出了声，把宿星吓了一跳。

他别扭地清咳了两声：“那就这么说定了。你的宿舍是在最边上，包主任特别安排你和金雅、钟离她们住在一起，等会儿你理好行李就到食堂报到吧。”

“嗯，好！”

听到是和金雅、钟离住在一起，我心情也不禁随之大好了。

像这种环境糟糕的地方根本不可能会和在学校一样给我安排单人的住所。于是，有熟悉的人在身旁，就算谈不上是真心的朋友，至少也不会在人多的时候感到尴尬吧？

而且，最重要的是……

“喂，夏泽，你耳朵是不是出问题了！为什么不回答我的话！什么叫见死不救！你把话说清楚点儿，我车南轩在你心目中就是那么糟糕的一个人吗？”

天知道车南轩为什么会那么激动，他对着我像疯狗一样乱吼，唯一的区别是，疯狗是被绳子拴着，车南轩是被钟离拉着。

“好了，不要吵了，其他同学都在看我们呢。”钟离为难的脸涨得通红，并不是所有人都和车南轩一样，喜欢被全场关注的。

我面色平静地掏了掏耳朵，将头撇到了一边，拿着行李自顾自地从他身边走开了。

嘿，就是不睬你！就是把你当做空气！

气死你！

05

食堂的工作说简单也不简单，但说难也并没有比活动方案这种东西难处理。

用简洁的话来概括，就是找一群同学，择择菜，塞塞肉，弄一下食物的前期工作罢了。于是我第一时间就找来了金雅和钟离，当然还有死皮赖脸跟过来的车南轩。因为上午我对他不理不睬，他现在看到我就想着法子引诱我跟他说话。

“喏，夏泽，你洗手了没？洗过手了可千万别碰这些菜啊！它们会被你手上的铁锈味给玷污的！”

“啧啧，你是不是从来都没有做过家务烧过菜啊？菜叶菜秆都被你扔掉了，我们吃什么啊？”

“你脸色怎么那么阴沉？不会是想趁我不注意偷偷在我饭菜里下毒药吧？”

……

老天，为什么车南轩这家伙废话那么多！

他的话一句比一句欠扁，终于我再也忍不住了，迅速地抄过一大把芹菜，当武器用力地甩到了他的面前。

“你烦死了！那么无聊就找女朋友去！别来招惹我！”

“可是我女朋友也在这儿啊。”

话随意地说出了口，仿佛女朋友这一个身份也不过是他的借口。

车南轩无辜地耸肩膀，脸上堆满了得意的笑容，像个恶作剧成功的小鬼一般。

我一时间莫名地词穷，眼角的余光不禁瞥向了正忙碌不已的钟离，她并没有太理会我们这里的情况。

“你欠分手就去找宿星！现在你们的事是他在处理！”我略微地放轻了自己的声音。

车南轩跨过了挡在面前的椅子，径直走到了我的面前：“别跟我提那个家伙，想到他我就来气。”

“我了解，同性之间的差异，让你嫉妒。宿星的确比你完美多了。”

“你——”

“麻烦借过。”

我绕过了他的身边，捡起了扔在地上的芹菜，将它们堆放在了一起，抱到了金雅面前：“这些就麻烦你洗干净啦。不过，记得留出一份别洗。”

“哦好。”

金雅能感觉得到在空气中蔓延开的别扭气氛，也就不多说废话，老实地点了点头。

“为什么要留出一份不洗?”不干活的车南轩茫然地问道。

我抬头，丢给他一个硕大的白眼，目光之中写满了“你是白痴吗？当然是要特别做给车同学吃咯”。

“夏——泽!”

“我知道我叫什么，车同学。你有空生气，还不如去帮帮你女朋友吧。”

“哼，不用你说!”

怎么会呢？如果我不说，你又怎么会主动去帮钟离呢?

以前不会，现在也不一定会啊。

我想，我并不完全了解车南轩，但不管长得如何，不管嘴巴多甜，不管有多少天赋和才能，也无法掩盖他是一个糟糕的人啊……至少是个糟糕的男朋友。

我看着他走向钟离的背影苦笑，莫明地胸口有些堵得难受。最近，总是会这么找不到原因地感到哀伤，我不能解读。

“怎么了，夏泽?”

“哦，金雅，如果胸口感到难受，会有哪些原因呢?”我一手捂住了心脏处，失神地问道。

“胸口难受？你不会有心脏病吧？啊，夏泽你不要吓我，你没事吧?”金雅夸张地喊出了声。我赶紧捂住了她的嘴巴：“嘘，不要那么叫啦。我身体很好，没有那种狗血的病。”

心脏病啊，这种东西通常都是狗血的小说、漫画，为了制造悲剧情节才会写的东西！早就不流行了，我怎么可能会有嘛！

“我只是说难受啦。”我压低声音解释道。

“难受？什么样的？怎么会难受？”

“嗯，有点儿胸闷，有点儿接近于难受的感觉，偶尔有些压抑，我也说不清。有时候看着一个人，或者想到他的时候，莫名其妙地就会这样。”

看到车南轩的时候，看到他和钟离在一起，不管是愉快地说着话，还是不负责地只顾着他自己一个人的时候，都会有种心情抑郁的感觉。

但是，和他吵嘴的时候却不会有这种感觉。

就算没有吵赢他，最后词穷认憋，也不会有这样的感觉。

我想要补充这点，但金雅在我开口之前先发话了：“可能你很讨厌这个人吧？”

“讨厌？”

“嗯，其实很多原因都会让心情变得低落。我想夏泽应该是讨厌谁，对谁缺乏好感，所以心里出现一种排斥疏离的感觉，是这样吧？”

排斥疏离感？

不是这样啊……并没有想要排斥，也没有想要疏离。

“那他一定是让你很为难，解决不了的人吧？”金雅沉默了几秒，然后恍然地一手握拳敲在了另一只掌心里。

“嗯……”我模棱两可地拖长了音。

“那就是这样没错了。跟夏泽纠结报告的感觉一样吧！解决不了，很头痛很麻烦，于是心情就会变得压抑、难受了。夏泽你就是太认真了，所以什么事都会那么放在心上。”金雅头头是道地说着，目光扫过了放在水槽边洗着的芹菜，“啊！糟糕！我没关水龙头！呜……怎么办，菜都被冲到水沟里了……”

我听不清她后面还在叫嚷什么了。

我的脑袋里塞满了她刚才说的话。

我是讨厌……车南轩？所以想到他，心情才会跟着变得糟糕？

真的……是这样吗？

我在不大的食堂里寻找着车南轩的身影，他正站在钟离的身旁，无聊地摆弄着桌子上的蔬菜，有一搭没一搭地和钟离说着什么。在注意到我的视线后，他蓦地抬起了头，脸上再次咧上了我熟悉的笑容，露出了一口洁白而整齐的牙齿，红色的发，帅气的五官，灿烂又嚣张。

对啊，我应该讨厌这样的人。

狂妄、高调、骄傲、又像风一样捕捉不住的人。

和我一点儿都不一样。

我朝他做了一个难看的鬼脸，将头撇向一边，决定不再看他。

Chapter 6

混乱中的拥抱与告白

01

“哎，虽然没有搞定活动方案，不过食堂的事处理得不错。烧菜的阿姨又表扬你分配工作做得很不错，这是一个好的开始，要保持啊。”

晚间学生会议刚结束，我就被包主任给留了下来。能听到他的表扬，我简直激动得要流泪了。要知道为了赶在下午4点前弄出今天晚饭的菜，我和金雅她们可是忙得恨不得把脚都一同用上了，最后连车南轩这个吃软饭、什么活都不干的家伙都看不下去了，动手帮了些忙才准时完成。

唉……果然等会儿还得去拜托宿星，帮忙找几个学生会的同学来帮忙。

“不过，夏泽你可真应该跟宿星学习，你苦恼了快一个星期都没有结果的东西，他只是花了一个下午就大致通过了，唉……这个就是差距嘛。”

我知道宿星很厉害啦，学生会就他最牛，能够在最短的时间内完成包主任交给的任务，不过……一个下午……

如果这鬼东西是一个下午就能搞定的，那我之前浪费的那些时间都是为了什么！

“是吗……”我失落地垂下了脑袋。

“慢慢来吧。嗯……不过他临时提议要放孔明灯，我们都没有做准备……”包主任随口嘀咕了一句，后面似乎还说了些什么，但是实在太轻了，我根本没有听清。

“好了，明天一早要去橘园考察，你早点回寝室吧。”

“哦，好。”

学农第一天，并没有安排太多活动，大多数的学生几乎都在互相串门，通过玩游戏打牌来度过时间。我刚站到寝室门口就听到了屋子里有人在喊。

“一对J，有人要吗？”

“四炸弹！”

“哈哈，我是五炸弹。Oh Yeah，你们这下完了！快点儿快点儿，地主出来受罚！”

那个……我们是学农吧？

学农就是应该做一些在学校里做不到的事吧？

咳……我承认在学校里是不会去打牌斗地主，但是这个……

我怎么觉得此时大家都被赌神给附身了呢……

无力地推开了寝室的门，我看到了一个熟悉的身影被大家轰了出来，他没有注意到我，身体差点儿撞到我，就在彼此之间还相差两三厘米的距离时，他停住了。

“哦？你终于回来啦，夏泽。”

拜托，不要说得好像你在等我好不好……

我皱着眉头瞪了一眼面前的人，然后往外退了一步：“车同学兴致不错啊。”

“哈哈，那是，就是运气太差啦。”

随着车南轩离开寝室，那些吆喝着要惩罚的女生也跟了出来，同时把别扭的钟离也一同给拖了出来。

10 人的寝室一下子空了，虽然它的空间本来就够狭窄的。

而金雅正在整理着女生们留下的牌。

“夏泽，你们学生会真的好忙哦。刚吃完晚饭就开会到现在。”

“是啊，包主任还有其他老师废话特别多。”

连续讲了两个多钟头，还没有几个是重点，完全都是在胡乱瞎扯，纯粹地只是想找几个人唠叨几句。

“哦，要打牌吗？”

“打牌啊……那你还是饶了我吧。我活了 16 年，还真没碰过几次牌。”我不会玩牌，因为一个人玩很无趣。

“不会啦，我教你啊！很简单的！我本来也不会，都是她们刚才教的呢。”金雅根本就不打算放过我，不管我怎么推辞最后还是被她拉到了床边。

“啊，那个，我真的不会打牌，肯定会输的。”

“打牌这种游戏靠运气啦。车南轩之前还说他是赌神呢，结果打一次输一次。”

将我死死地拉住，金雅大致跟我介绍了一种简单易懂的牌类游戏规则，然后快速地发起了牌。

第一次试玩，我很幸运地赢了金雅，但当第二次正式开始玩，要处罚的时候，我却好死不死地输掉了！

啊！这个就是运气吗？

“啊……夏泽你真的好霉啊。”

我知道我霉了！你就不要提醒我了嘛！

金雅幸灾乐祸地笑着，然后做出了认真思考的样子，用手托着下巴，琢磨了一会儿才抬起头，两只眼睛精明得跟狐狸一般，大放光彩。

“我不为难你，你现在离开寝室，给见到的第一个人一个拥抱，怎么样?"

"如果我现在出去，一个人都见不到，那岂不是我整个晚上都得在外面留守?"

"快点儿去啦！大家很快就要回来了，你不可能什么人都碰不到的。"金雅推开被子手忙脚乱地拿起裤子套上，然后强制地将我往外推。

"啊啊……我知道了。我自己走，自己走啦!"

我认命地站在寝室外，空荡荡的外面果然没多久就回来了一大批人，男的女的都有，不知道他们怎么能够一路上勾搭来那么多人。

唉！怎么办？金雅说，让我拥抱第一个见到的人，但是我看到的是一堆人哎?

难道要我一个一个都抱过去？开玩笑!

"哟，夏泽你真够意思，我走的时候目送我，现在我回来了，还来迎接我呐!"

车南轩，你不说话没人把你当哑巴!

鬼才欢迎你，我恨不得你快点儿滚蛋，别再出现在我视线里!

我嫌弃地撇撇嘴，想要从人群中寻找还算熟悉的人。

可金雅却使劲地抓住了我的袖子。

"你干什么?"

"上去啊!"

"我知道啊，先让我找个熟悉的人，钟离在哪里啊?"我眯着眼睛搜索着。

金雅拉着我的手更用力，她使劲摇头："就是车南轩啊!"

"什么?"

"他是第一个跟你打招呼的人，那也符合啦!"

不是说第一个看到的吗？跟打招呼有什么关系?

而且我根本没有理他好不好!

“唔，夏泽要耍赖吗?”见我不动，金雅鼓起了腮帮，圆圆的脸蛋现在看上去更像是一个白面球。

啊啊……这妮子以前是很怕我的吧?

可是现在我怎么有种被她欺压，爬到头上的感觉!

不要再跟我撒娇装可怜啦!他们会以为我欺负你的!

“好啦好啦，我知道了!”我深吸了一口气，然后大步流星地走到了车南轩的身边，朝他钩了钩手指，“你弯下来一点。”

“你要干什么!”他夸张地大叫，仿佛我真的会把他吃掉似的。不过最后他还是弯下了身体，饶有兴致地看着我，等我之后的动作。

头一次这么近距离地看到他的脸，小麦色的皮肤在夜晚昏暗的光下分辨不清，只有那双黑玉般明亮的眸子特别引人注目。我伸手，绕过他的脖子迅速地拥抱过去，冰冷的指尖触碰到了他裸露在校服外的脖子，我闻到了他发间溢出的淡淡香气，还来不及分辨是什么气味，便仿佛触电了一般迅速地弹开。

怦怦……

心脏加速快跳，仿佛下一秒就会蹦出胸膛。

我失措得脑袋一片空白。

面前的人也惊呆了，他的眸子里写满了错愕，弯下的身体还僵持着被我拥抱时的姿势。

“我……不是眼花了吧?我似乎看到夏泽抱了……车南轩?”

“我也看到了……”

“谁拿手机、照相机拍了?”

“啊!刚才那是错觉吧?好可怕，那是什么记忆!”

……

周围的同学沸腾了，他们七嘴八舌地说着，只为表达自己的难以置信。

“这个只是打牌输了的惩罚罢了！”我对着人群理直气壮地说着，掉头就往回去的方向走。只是才走出一步，我就被车南轩抓住了。

他脸上的笑意不见，少见的严肃神情此刻显得异常凝重。

“被抱的人是我，你对着解释的人应该也是我吧？”

他是哪根神经搭错了，还会计较这个？

我愣了一秒，慌乱直跳的心脏怎么都平复不下来，甚至有种热血往脑袋直冲的感觉！

“为什么要跟你解释，反正这种事你也不会介意的吧？”话想当然地说出了口，我挣开了他的手，烦躁地使劲抓了抓头发，抱怨地瞪了站在门口同样有些不知所措的金雅一眼。

02

“啊，不好意思，真的是我跟夏泽在玩游戏。因为她输了，所以我才让她拥抱第一个看到或者和她说话的人，大家不要误会啊。”

金雅着急地解释，大家在听到她的话后总算松了口气，气氛不再像刚才一样冻结得让人感到尴尬，但是我总觉得身后有什么奇怪的目光正盯着我。身体僵硬得无法移动，我只能别扭地往前走到金雅的身边。

“糟糕了夏泽，钟离似乎生气了。”我才走到她身边，金雅就挤眉弄眼地凑到我耳边小声地嘀咕道。

“哎？不是吧……”

但事实证明，钟离这个沉默的家伙真的是闹别扭了，不管金雅怎么讨好拿东西给她，或者邀请她打牌，她都闷闷不乐地拒绝了。

而她有时候看我的眼神，让我情不自禁地联想到了“怨妇”。

那个……不会在不知不觉的情况下，做了让人咬牙切齿的悲剧女二号吧?

虽然都是要拆散恋人，但是我跟那种在故事中莫名其妙出现，不是前任女朋友，就是什么未婚妻那种烂俗到一定境界的女二号也差太远了吧……

啊不对不对，车南轩那混乱的恋爱史里怎么可能会有我的戏份嘛！根本就是八竿子打不着啊！更何况现在要拆散他们也不是我的工作啊！

苦恼地将脑袋埋进了摊开的小说书中，我也顾不上发型的问题了，发泄般地乱抓。

不行不行，我一定得找个机会和钟离说清楚。

至少在这之前一定要避免和车南轩有任何接触！

“夏泽，你怎么了?”宿星慌张的呼叫将我的意识拉了回来，他蹲在我的面前，为我理了理抓乱的发。

“哈哈，没有什么，只是有些烦。”我干笑了两声，猛地合上了书。

如果告诉宿星，我是在为钟离和车南轩的事烦恼，他会不会现在就发挥职责，跑到他们那边，强制将他们分开啊?

我用眼角的余光偷偷地瞥了一眼在郁郁葱葱的橘林之中的车南轩他们。即使看不清他们的表情，我仍旧能想象得到钟离挽着车南轩时那开心的表情。

胸口莫名地跟着感到一丝阴郁。

学农第二天是到橘园考察，其实就是大部队在橘林里逛一圈，看看长在树上的橘子，包括那些熟透了没来得及摘、掉到水沟里烂到发黑的橘子。

只能看，不能摘不能吃，还有什么意思?

大多数的同学早就失去了再走下去的兴趣，都三三两两地围成小圈子，和朋友不亦乐乎地聊着八卦。

包主任也对这次无聊的活动感到困乏，在他连续打了第三个哈欠后，他终于发令大部队折回寝室了。

“夏泽，你等会儿就直接带同学们去食堂吧，今天没有其他活动了。”包主任在看到我手中的小说书时，条件反射地皱了一下眉头，“少看点小说，就是这种东西看太多，所以连正规的报告都写不出来。”

看小说和写报告有什么关系……

包主任，你想借机抒发一下自己心中的不满就老实说嘛……

我又不会脚上装轮子偷跑掉，大不了我笔直地站着让你训斥，训到你爽咯。

反正左耳进右耳出的技能我很熟练啦！

“嗯，你这边人手还够吗？我之后没有什么事，来帮你吧？”

宿星会没有事，那概率简直就跟奇迹一样，他的话音才落下，我立刻就来了精神。

“真的？那太好了！”

如果宿星来帮忙，那我就可以通过他的连带关系，找到很多人手，并且如果人手充足，我也就不用再去找车南轩！这样也就可以避免再被钟离误会的尴尬了！

只不过算盘打得好，现实要操作起来，仍旧特别的麻烦。

我本来想私底下叫走金雅，谁知道这丫头一听到要去食堂，马上就被大嗓门附身，对着钟离还有车南轩大喊着，说要一起去。

“啊不用不用，你们自己活动！我们人手够了。”我急忙捂住金雅的嘴巴，连连朝他们摇手。

“人手够？就你和金雅，怎么会够？”车南轩这个只知道吃白饭、不干活的家伙还好意思反问我们怎么会人手够！

“昨天我也没见你有怎么帮忙嘛，让你洗菜嫌水脏，帮忙搬菜你又说扛不动，跟大少爷一样难伺候。麻烦你就别占着坑位了，很浪费空间哎。”我一点都不客气，直接地拒绝了他。

他在听到我的话后先是一怔，然后我诧异地发觉他的脸上露出了淡淡的窘迫之意。

他是怎么了？

如果是在以前，他肯定会马上还口说“我就是大少爷”或者“本大爷怎么会比你更占坑位”诸如此类厚脸皮的话。

不反驳的车南轩，让我心里一下子感到不安，慌乱得想要说些什么缓解气氛，但脑袋就像一团糨糊，我纠结了好长时间，也想不出该说什么。

气氛一下子陷入了一种诡异到极点的状态，我能感到钟离又开始用怨念的眼神看我了。

唔……又不是我想破坏你们两个甜蜜的环境……

“夏泽？你还没好吗？”伴随着敲门声，我听到了宿星如同救世主一般的声音。

我连喊了几声“好了”，拉着金雅掉头就往外走。

“如果有事走不开的话，交给我处理也没关系的。”

“没有没有，我空着呢！一点事都没有，再不干点儿活，蘑菇就会从我脑袋上长出来了！”我夸张地说着，害怕宿星会注意宿舍里的车南轩，我干脆整个人都挤到他的身边，一手挽一个人，就像超市大甩卖时双手拿满东西的样子。

宿星被我这急匆匆的样子弄得有些为难了：“真的没事？”

“难得你有空陪我，就算有事也绝对会空下来的！”我从小没说过几句甜言蜜语，一时混乱之间连小说里看到的话也给喊了出来。果然我这话音刚落下，宿星就安静了，“哈哈，所以我们快点儿走吧！如果迟到了没办法准时完成工作，食堂阿姨到包主任那儿打小报告，那可就郁闷了。”

宿星无声地认同了，任我拖着他离开。刚离开寝室有一段路，我就开始奇怪了，我怎么突然害怕宿星插手车南轩的事了呢……

03

果然不愧是宿星找来的人，个个都动作敏捷，不拖泥带水，虽然总人数没有比昨天多出多少，但时间却提早了很多，才忙了一个小时不到，我们就把中午的伙食都准备好了。简单地在食堂里解决了午饭，我们又开始忙碌晚上的食物。

3 点不到我就成功离开食堂。没有了围绕在身旁的泥土和肉味，外面的空气显得清新很多，唯一美中不足的就是天色有些阴沉，太阳躲在了厚重的云朵后，没有早上那般灿烂。

离 6 点的学生会议还有很长的时间，我慵懒地伸了个懒腰，开始考虑该怎么度过之后空闲的时光。

先把带来的小说和漫画书看完吧！

我愉快地打着算盘，考虑着一个半小时干掉一本，这样在会议前我就可以解决两本，但刚走到寝室门口，我就被一个女生给拦住了。

“你好，我是跟你同寝室的同学。”她说话的语气毕恭毕敬，似乎害怕一不注意说错话就会惹火我。我了然地点头，示意她我知道。

“什么事?”

“嗯，是这样的，刚刚包主任来、来找过你，说让你到学农的基地外拿点东西。”

“基地外拿东西？什么东西?”

我承认我没有手机，有时候要找我的确很麻烦。看她这慌张的样子，真不明白是被我给吓的，还是被包主任吓的。我尽量让自己表现得够和蔼，可惜对方仍旧无法感受到我的友好，说话口吻还是那么僵硬，甚至还夸张地结巴了两次，原本白皙的脸蛋涨得通红，不知道是害羞还是给急的。

“不、不知道……他就是让你去拿东西。就在基地外，一直往左边的方向走，最近的一个车站边。因为、因为他临时出了点意外，找不到合适的人去拿。”

包主任最近有想买过什么东西吗？还要找人去拿？

“嗯……不过他临时提议要放孔明灯，我们都没有做准备……”

我忽然想起了之前包主任有意无意的一句话，顿时恍然：“不会是他订了孔明灯，别人送货来吧？”

“啊啊对对！就是这个。”她愣了一下，随后连声肯定。

“这样啊，嗯，我知道了。”

本来想谢谢她还专门等在门口给我转达话，不过最后还是觉得有些别扭，只是简单地回了她一个微笑，我转身就往离开基地的方向走去。

分不清是不是错觉，我总觉得她在看到我笑的时候，身体蓦地猛颤了一下，慌张地将头撇向了一边。

真是的，到底要我怎么强调和证明我不是怪物，不会扑上去把她们吃掉，她们这些家伙才能相信啊！

我没有露粗口，更没有做出很凶的表情看她，她到底是怕什么！

我苦恼地想着，有些泄气地乱踢着地上的小石子，不知不觉地走了一阵子，我才回过神，注意到自己离开学农基地有那么一段距离了。回头去看，竟看不清那基地的铁栏大门了。

糟糕，刚才胡思乱想的，忘记问同学借个手机！

我身上除了一块手表，其他什么都没有。万一路上要联系人都找不到……

下意识地抬头看了一眼天空，天色仍旧一如之前般灰蒙蒙的，说不上是阴天还是下雨前的阴霾。早上还那么灿烂，晴空万里的，现在应该只是晴转多云，不会下雨吧？

算了，现在再走回去借手机也很麻烦，到时候没人肯借我反倒落得一身尴尬。

听那女生的话，应该车站就在附近，我走快点应该就能到了吧！

我想着不由得加快了脚步，两边的景致迅速地向我身后倒退。

然而……就在基地外，一直往左的方向？到底有多左？最近的车站在哪里？

疾走的双脚渐渐被疲惫侵袭，长期不太在室外活动的小腿越来越酸，变得异常沉重起来，而我仍旧没有看到所谓的车站。或者说，四周可以说是一片荒芜，除了茂盛葱郁的树木草丛之外，其他的，就连一家农舍我都没看到。

微风吹拂着树枝，发出哗哗的声响，凋零满地的叶子，露出交纵相织的枝干，阴沉的天空映衬着满地的树影斑驳，摇曳在模糊的视线之中，犹如鬼魅在摇摆跳舞。

秋天的景色本来就有种特别的凄凉与荒芜，而这寂静的环境让我想到了刚来基地前在车子上看到的场景，只是现在看上去更像是无人的荒废区域……

怎么回事？

为什么我没有走到热闹的地方？现在的地方，杂草生长的高度几乎蔓到了我的膝盖，不知道多久没有人来过了。

“基地外拿东西？什么东西？”

“不、不知道……他就是让你去拿东西。就在基地外，一直往左边的方向走，最近的一个车站边。因为、因为他临时出了点意外，找不到合适的人去拿。”

“不会是他订了孔明灯，别人送货来吧？”

“啊啊对对！就是这个。”

大脑不禁又回忆起了之前的对话，只是短短的几句，定下心来去想，其中的矛盾就立刻显现了出来。

前面说不知道，后面却又立刻肯定了我的假设，加上她那慌张的模样……

她会结巴紧张……全部都是因为在说谎，要骗我吧！

明明演技那么差，说话草稿也不打，只要留点心思就很容易发现其中的可疑点，但是我因为早早地完成了工作，所以心情也变得愉快，根本没有去注意这些！

还蠢到走了这么远，才意识到这些！呃……

不是吧，我夏泽竟然还有会被人耍的这一天？

我木讷地站在原地，绞尽脑汁地回忆着任何有关这个人的记忆，我把脑袋里看过的漫画、小说套路都给大致地想了一遍。

我应该没有招惹过她吧？我似乎也没有拆散过她和谁吧？我或许也没在她的故事里充当过什么女二号、女三号，或者某个路过的炮灰，更或者只是一幕背景中渺小得连一秒停留都没有的人物吧？

我根本没有任何关于她的回忆。

“有没有搞错！我分明不认识她好不好！”最终，我仰天大喊着得出了结论。

浑蛋，我又没有得罪过你，干什么来招惹我！还想出这么缺德的方法。肯定不会有人比我更笨了，被耍了还蠢得配合她！

唉……现在快点儿走，应该能赶在会议前回到基地吧？

04

可是，一直往回走，哪里有来的时候容易啊。来的时候没多注意，只是一心往左，现在回头去看，根本没有明确向那边的道路，走着走着就很有可能走偏，迷失了方向。

才不过5点，天色就已经开始变得更暗了，厚云覆盖在天空上，缓慢地随着风向移动。因为附近实在太安静了，隐约之间，我似乎还听到了很轻的轰鸣声，微妙得让人捉摸不透，不知道什么时候大雨才会降下来。

走了半天仍旧找不到任何熟悉的东西，疲惫感越发的凝重。

算了算了！不走了！

我也不理会地上的草有多高，干脆一屁股坐在了地上，双手环抱住了膝盖，抬头仰望着天空。

我就是个路痴，再怎么走也走不出去。与其辛辛苦苦地兜圈子，还不如就停在一处。

马上要开学生会议了，如果到时候我没出席，会不会有人发现我不在基地，并且来找我呢？

总会有人发现的吧？至少包主任和宿星一定会来的。

我不知道自己为什么那么肯定，一瞬间这个回答成了心中绝对的定式，我丝毫不感到怀疑。

能和他们相遇，也都是因为恋人投诉信箱的缘故吧。

因为这个信箱，我遇见了包主任。虽然包主任嘴巴很坏，喜欢数落、讽刺学生，并且在拆散恋人方面也总是很决绝，快刀斩乱麻，丝毫不理会对方的心情。一开始刚来到麦纳斯遇见他的时候，我也觉得这样的老师很可怕，但是相处得再久点儿，再靠近一点儿后，就会发现，他其实是个很好的老师，我会和他达成协议，答应帮助他解决恋人投诉，他本人也占很大的一个原因。即使我不曾当着他的面如此说过。

至于宿星……他的好，我似乎从见到第一面的时候就已经感受到了吧？一开始，很不习惯，但是后来，也都全部变成了习惯。

恍然间我发觉，我已经很久没有想过他们两个人的好坏了，也没有空闲去回忆任何关于从前的事情，而罪魁祸首啊……

脑海里不由地浮现出了一张笑得很嚣张的脸，很遥远，很模糊，可仍旧能感觉到那张脸上充满了活力，是和我完全不一样的人。

如果不是恋人投诉信箱，他也是我绝对不会去接触的人……

胸口犹如天空的阴霾，我怎么都挥散不开。

每次每次，一个人想到他的时候，总会这样。

本以为不靠近他就会变得好了，可是最近却有种加剧的趋势……

唔……真是糟糕。

我使劲地乱揉着头发，想要把他的脸从脑袋里抹去，偏偏思维停顿在了这里，我怎么都无法转移。

笨蛋夏泽，你想他干什么！浪费时间啊！

或许那个骗我的女生也是爱慕车南轩的人，所以间接害到我的是他也说不定。

像他这样没心没肺、是女性公敌的死小强现在还不知道在哪里左拥右抱呢，或许到明天早上都不一定发现我不见了呢！

啊呸呸……我才不会到明天早上还在这种鬼地方待着！

手表的指针一圈一圈地走着，我能感觉得到时间的流逝。但是要苦苦熬到6点，等待着他们发现我不在是多辛苦的事啊！或许到了6点，包主任他们也只是认为我迟到，废话了半个多小时才意识到我是不见了，然后等出了基地再来找我，那我得等多久才能得到援助啊！

咕噜噜……

我发誓我不是故意要把情况想得那么糟糕，肚子太不配合了，竟然在这种时候咕咕叫了起来！

平时在学校，沉浸在动漫小说里，我根本无暇于饿肚子的问题。但现在，因为白天做了很多事，所以消耗也多，最重要的是，我现在两手空空，根本没有一本书可以给我转移心思嘛！

“该死！怎么会这样嘛！”

我愤怒地抓起身边的一块石头，用力地朝着一边扔，而后我听到了一声清晰的“啪”，随即一个响亮的抱怨声回荡在了寂静的空气中。

“喂，夏泽，干什么下手那么狠啊！万一我命短被你砸死了怎么办?”

我一怔，意识顷刻间短路了。

现在离 6 点还差 10 分，怎么可能会有人找来？而且……而且是他！

车南轩?

“你、你、你……”我腾地跳了起来，惊愕地伸手指向他，“车南轩？开玩笑，你怎么会在这里?”

难道他也被人耍了，出来找车站?

不可能……

“那么明显你还不知道。当然是找你咯。哈哈，夏泽，想不到你也有被人耍的一天，怎么样？不好受吧。”他嬉皮笑脸地走了过来，神情还是那么的吊儿郎当，满不正经。

“哼，我是出来散步！散步懂吗？我才不会笨到被耍呢！你当每个人都跟你一样笨吗?”

虽然被耍了是不可否认的事，但是在车南轩面前，我怎么都不想示弱，就算是无力地逞强，也不想被他小瞧。

不过这样的话，说得连我自己都觉得别扭不已。

我将头撇向一边，心虚地不敢去看他。

“呵，是啊。我是很笨。”

身边安静，就连小声的嘀咕都能听得清楚，就更别说是那么清晰地吐字了。

我能听得到车南轩的淡笑，没有嚣张、狂妄的意味，反倒更多了几分自我的嘲讽。

天啊……我是不是在这里待久了，所以脑袋被风吹得不正常了？我竟然听到车南轩主动承认自己很笨？

“你真的是车南轩吗？不是被谁附身了吧？如果是鬼的话快点滚蛋哦！我不怕鬼哦！”我夸张地往后退了一大步，伸长了手挡在面前，示意他不要靠近。

这个家伙不是车南轩吧？如果是他，怎么可能那么快就发现我不在呢？现在还没有到会议时间，应该不可能有人注意到我的存在与否啊！

而且就算发现我不在了，他又怎么可能那么快就找到我！学农基地附近那么大，他可是有50%的可能会往右走，更有很大的可能，往左边了又会绕到其他的方向。

不会……

不会真的是鬼吧？

附身到车南轩身上的鬼？

脑袋里那些关于鬼怪的小说、漫画一下子涌了出来，原本不觉得有多可怕的气氛顿时变得一阵阴森恐怖，就连风吹在身上都有种汗毛凛凛、忍不住想要打冷战的感觉。

“你才被鬼附身了呢！夏泽，你到底打算退多远啊？”车南轩走上前想要拉我，气势汹汹的样子看上去有那么点儿可怕，他似乎生气了。

“啊，你别过来。我知道你是车南轩了。”我没胆地被车南轩脸上略带愤怒的表情给吓到了，慌张的情绪一时无法平复，话也不由得有些语无伦次，“那个……那个……如果你不是被鬼附身，你怎么知道我在这儿的？”

“只要问让你来这里的人，就当然知道该怎么过来了！”

“那个女的？你知道她是谁？那个女的不会也是因为偷偷爱慕你，所以才把我视为眼中钉来耍我的吧？可是既然要嫉妒，也应该去整钟离吧？啊当然，我不是在诅咒钟离！”

“你还是承认自己被耍了。”车南轩挑眉淡笑，我啪地捂住了嘴巴。失策啊！一感慨就把实话给说出来了。

“如果她是主谋，那当然就不会耍到她了。”车南轩幽幽地说着，声音并不响，含糊得让我听不懂他在说些什么。

“什……什么主谋？啊，车南轩，对方可是你的女朋友，你在乱说什么啊？哎，你别管我了，回去回去！”我使劲朝他摆手，示意他不要管我，快点离开。

“回去？难道你希望那个叫宿星的家伙来找你？”

车南轩那么一个闪闪发光的家伙突然和我一起不见了，万一钟离她又误会，我可解释不清楚。我发誓我绝对是这么想的，谁知道车南轩哪根筋搭错了，竟然会扯到宿星。

宿星和这件事有什么关系？

在我沉默之间，车南轩已经站在了我的面前，他宽大的手掌紧紧地抓住我的手臂，帅气的脸仅在我面前几厘米处，除了昨天打牌输掉时的拥抱，我们没有再这么近距离面对面过。

怦怦……

原本就已经混乱不已的思绪这下更加乱作一团，心怦怦直跳，慌乱得我一时之间仿佛忘记了呼吸。

“我的出现是不是让你很为难?”

我想要撇开头不看他，但不管我将视线移向哪边，都能感觉到他锐利的目光，就如同锋利的武器直逼着我。

他要干什么吗？靠那么近……好别扭！

“还是希望是那个家伙吧？这些日子一直躲着我，都是因为他吧?”

哎？我躲他跟宿星有什么关系？

而且……我也没有躲他多久吧？我学农当天才刚遇到他，全部加在一起顶多也就两天罢了。

“我昨天才刚看到你啊。哪里有躲你很久?”我困惑地嘀咕道。

“那之前呢?”

“之前?”

我怎么觉得车南轩是一副要跟我算总账的样子？但是我们根本不是在一个频道的，我完全跟不上他大脑的思维，听不懂他在说什么。

“为什么突然不来了？不要跟我说是要处理活动方案，你是在躲我对不对?”

“突然不来？你是说医院？什么啊，我当然是在处理活动方案啊。天天都死在学生会里，忙到连饭都是别人送来的哎！谁像你天天在病房里被人伺候啊！”我愤慨了，我忙得都快颓废成渣了，他竟然认为我是在躲他！

我看上去像是有自虐倾向的人吗？会拿这种事来躲他？

“如果天天被人伺候，我现在就不会站在这里，而是继续在医院里躺着！”

“你顽强得跟小强一样，还躺……等等，你这句话是什么意思？你不是好了吗？”

“你试试被人这样打一次，如果能好得那么快，我车南轩名字从此倒过来念。”

我知道他只是激动地打了一个比方，但我脑袋里很配合地浮现出了自己被殴得到处青一块紫一块，打着石膏躺在病床上的狼狈模样。

嘶……似乎还真有点悬。

“你不会是想说，你的伤还没有好吧？你现在身上还缠着绷带？”

长袖长裤，只有敞开的领子露出车南轩小麦色的皮肤，脸上不见了大块的淤血乌青痕迹，他刚一出现就精神满满地跟我斗嘴，我还以为他已经全部都好了……

怪不得，车南轩不坐大巴，而是由包主任开车子特别护送来的。

“既然没还好，你跑来学农干什么？这样的身体能学农吗？这里条件设施那么差，早上还跟我们走那么远的路去橘林，你疯了啊！”

他在听到我愤怒而担忧的话时，原本眼神中充斥着的激动情绪消淡了不少，一抹很微妙的笑意笼罩了上来，似薄薄的纱，模糊得让我看不明白，形容不清。

“我想我也是疯了，听到宿星那浑蛋说你不会再来医院，我就跟神经病一样要出院，急着要拆掉石膏……哈哈……”

车南轩低下了头，抵在了我的胸口处，我想要躲开，可被他抓住的手臂却怎么都无法挣开，我惊讶地发现他的力气是那么大，完全不像是个空有其表、软弱无能的小白脸。我只是被他拉着，整个人就几乎无法移动了。

他的笑声我不是第一次听到，可是这次却和我任何一次听到的都不一样。

丝毫没有让人感到愉快，反倒苦得如同黑咖啡一般。

心跳无法平静，我很害怕会被他听到。

“哈哈……夏泽，我这些天一直都在想，你和其他女生相比到底有什么与众不同的地方，但是我想破了脑袋，也没有想明白。你既不特别漂亮，又是个小平胸，性格也古怪，没觉得你有多善良，有时候说话还特别难听，嘴硬，偶尔觉得你挺聪明的，可刚这么认为，你就立刻变得比猪还蠢，喜欢逞强，不肯服输认栽。你怎么可以那么糟糕。”

“车——南——轩！”我咬牙切齿地喊着他的名字，如果不是身体被他压制着无法动弹，我真想狠狠地给他一拳，“抱歉了，我就是这么糟糕的烂人，要找美好的女生请绕边！”

“呵……我也想啊。让别人知道我车南轩栽在你手里，多没面子啊。”

“对啊，让他们知道……什么？什么叫你栽在我手里？”

我又怎么他了？

“我想，我喜欢上你了，夏泽。”

05

怦怦……

心跳莫名地乱了一拍，我慌神了。

呃……这个是哪国的玩笑？

或许有哪个国家用“喜欢”这个词当做骂人的话吧？他实际是想说，我真是鄙视你啊，夏泽！或者是，夏泽你真是个糟糕的人这类话吧？

“那个……车南轩，这种玩笑说一次就够了啊，如果被其他人听到那就真糟糕了。你放心我不会告诉钟离的！”

我故意用很义气的口吻说着，话音才落下来，他就蓦地抬起了头。

又是这种严肃认真的表情……

真是！我知道车南轩是实力派演技的家伙啦！装出这种表情是不会像我们这种笑点低的人一样笑场的。

我很想随意地哈哈大笑两声，混过这冷场的气氛，但才扯起嘴角，笑声却怎么都没办法从喉咙中发出，仿佛卡住了，一如我的身体一般。

“玩笑?”他皱紧了眉头，还不肯结束这个荒谬的话题。

“对啦，别开这么可怕的玩笑了。那个……我、我……我认输还不行吗?”

对了，我认输了。

我夏泽向车南轩认输，这样好吗?

不要这样看着我，好奇怪……

我不喜欢这样的玩笑，一点儿都不喜欢。

总有种落入了车南轩对众多女友套路之中的那种说不出的压抑。

“你认为，我在开玩笑?”

我连忙点头。

如果不是开玩笑那是什么？车南轩喜欢我?

哈……这种话说出去，别说我，全校都不会有人相信吧？我们两个除了斗嘴还是斗嘴，分明是八竿子打不着的人啊！

车南轩苦笑了一声，终于松开了手：“可是……我是认真的啊。”

“夏泽，你在哪里啊——夏泽！”

寂静的四周响起了另一个人的呼喊，大声得即使离得再远，也似乎都能将车南轩那声轻喃给淹没。

我想我是听到了他在说什么，但是我更希望那只是错觉，因为有其他人的呼喊，所以才造成的听觉错乱。

我深吸了一口气往后退了一步，然后顺着声音的来源呼喊：“我在这里，宿星！”

这些都是玩笑，就像我会被骗到这里一样。

全部都是假的，向左直走没有车站，向右退回，也没有基地。

在一个错误的地方，所以听到的话也一定都是假的。

不能相信。

不能相信。

否则……

我下意识地捂住了胸口，剧烈搏动的后果，就是将原本正常的心跳带动得更加疲惫，有一种无法形容的酸涩、沉重在蔓延、蔓延。

Chapter 7

给予自己的恋爱投诉

01

我刚回到基地，天已经彻底的黑了。我不知道包主任是否调查到耍我的女生是谁，才走进基地没几步，我就感觉到很多人都用一种埋怨的眼神看着我。

在寝室门口，站着一个双眼哭得如同小白兔眼睛一般红的女生，明显是被包主任训话了，才会那么难过。在女生旁边，金雅和钟离都在不断地往她这边送餐巾纸，在看到我后，两个人都不由得露出了有些为难的表情。

金雅这妮子难得没有主动跟我打招呼，而是沉默地低下了头。

拜托，骂她的又不是我，更何况我也是受害者好不好……我可是被她从下午3点就骗出去，一直到现在近6点，什么都没有吃，肚子饿到快瘪掉哎！

“我刚才和包主任商量过了，夏泽等会儿就搬到女老师的寝室里吧。”宿星一手掠过我的面前，将我的头按向了另一边。

我听到车南轩很轻地哼了一声，掉头就往男生寝室的方向走。

搬到老师的寝室，唯一的好处就是用品待遇一下子高了很多。有电视机、电脑和一些基本的娱乐物品，床位也比学生的显得大一些。最重要的是和老师处在一起，寝室特别的安静，她们偶尔谈论的内容我也听不懂，我一下子多出了更多空闲的个人时间可以解决那些动漫、小说书。

要知道前两天，我的小说书连半本都没来得及看完。

唔……能握到书的感觉真好。

脱离了是非之地，我的生活一下子陷入了很平静的状态，白天跟着几个同学处理食堂的事，结束了工作就待在寝室里继续看书，我有种回归到学生会时的感觉。

很快第四天晚上的篝火晚会就来到了。

有宿星的安排和策划，整个活动都很丰富。包主任怕我惹麻烦，只是安排了一些很简单的幕后工作给我。

两个多小时的晚会结束后，包主任终于命人拿出了好多未拆封的孔明灯。

因为是临时安排的，数量上只能满足每个寝室分到两个。

我既不想回到原来的寝室厚着脸皮跟她们分，也不想到老师那儿去做个不合群的家伙。当狭窄的空间渐渐被同学占满，露天黑暗的四周亮起了橘红的烛光，好几个同学围在一起拿着水笔在红色的纸面上奋笔疾书时，我站在人群之外，静静地看着他们。没过多久，第一个孔明灯就被放了起来，被蜡烛的热气吹得膨胀的纸灯向夜幕上空飘去，摇摇晃晃得让人担心它会不会被随之而来的一阵风给吹落，被基地附近的树枝、电线给钩住。

然而，它就像仿佛有了自己的视线，随着上升越发地显得轻盈，一连绕过很多个障碍物，飘向越来越高、越来越远的地方。

目光不禁追随那一抹微笑的光，橘红色的光灼着视线，闭上眼睛，便在黑暗的意识里刻下一个明亮的轮廓。我闭着眼，等待着那抹光晕消失。

“就知道你会躲到这里。”宿星的声音突兀地在我身边响了起来。

“收场工作已经结束了？”

“是啊。”宿星温柔地笑着，丝毫不见忙碌后的疲惫。他将一个还没打开包装的孔明灯和一支大号的黑色马克笔伸到了我的面前，“包主任特别赠送的。呵呵……光看别人放多没意思啊。”

我一怔，推开了面前的笔。

“怎么，没有什么特别的愿望吗?”

没有愿望? 怎么会呢……只要是还在做梦的人，怎么可能会没有愿望呢?

只是，有和去做，根本就是两码事。

“根本不可能有不劳而获的事存在着吧。想要得到什么，就必须为此付出代价。因为我不想失去什么，所以同样的，我什么也都不想得到。”我坦白地说道，抬头想要再去追寻那盏第一个飞向天空的孔明灯，但四周实在太多了，将原本寂静的天都给拥满了，最初的却找不到了。或许是掺进了其他的灯中，抑或是在视野看不到的地方悄然地坠落了。

“呵，夏泽也有害怕失去的东西?”

“嗯。”我很用力地点了点头，“宿星，还记得你和我安排在一起的原因吗?”

他没有想到我会提及这个，迟疑了几秒才会意地淡笑:“嗯，记得。敢在入学的第二天就跟包主任谈条件，你还是第一个人呢。”

“是啊，可惜学校没有颁奖给我。”我故作失望地耸肩，随后双手向后，抱住了后脑勺。

“给我一个安静的地方，不要有太多人，能容我存在就好。给我一个私人住处，不要告诉她太多关于我的事，我不想让她担心我。我听说只要一年都在年级中排名前五，就可以免下一年全部的学费，那么现在我跟你保证，三年里，我全部都会拿到第一。免掉我全部的学费，从现在起，只要不违反原则，我会替你做任何的事情。嗯……如果可以，请再给我一个同伴。”

这便是我向包主任述说的愿望。

之后，我逃离了家、教室，来到了学生会，成为了挂名的学生会会长，我得到了可以独自生活的地方。之后我遇到了宿星，他成为了我的同伴。

因为一口气说出了太多的要求，所以有种一时间把在高中的全部愿望都给许完了的感觉。

随之，为了遵守诺言，我成了恋人投诉信箱的主人。没有什么愿不愿意，一切都仿佛顺其自然地被实现、被达成。

“虽然没有什么特别的愿望，不过既然有了也别浪费，我们还是飞掉吧！”

我低下头，只是想要去追随宿星的目光，却在不远处看到了另一个人的目光，黑色的瞳孔如同黑夜一般漆黑。在光线下黯淡的发色就着蜡烛微弱的光，显得异常的柔和。

只是那么盯着，我就忍不住失神了。

“我想，我喜欢上你了，夏泽。”

那句如同玩笑的话在耳边回放，在他不含笑意，甚至严肃得让我感到陌生的目光下，更加显得真实、清晰。

“夏泽，你看，它要飞起来了哦。”

红色的孔明灯在宿星的话音落下之后，一点一点地向上飘荡，如同放慢了镜头，挡在了我的面前，阻塞了我的视线。当它渐渐离开，远处的那个人却也不见了。

02

时间越走越快，在指尖，在眼前，蓦地从小说书中抬起头，学农就已经结束了。

七天就像是电视中插放的几则广告，我重新回到了学校，又过起了从前的日子。唯一的区别是，我没有再去骚扰车南轩，反倒是条件反射地躲开了任何他可能出现的地方。

七天的时间，发生了很多事，比如很多同学就此热爱上了打牌。

在这几天里学校沸沸扬扬地传起了一件事。令我诧异的是，这件事正是关于金雅的前男友尹暮川！

天知道他脑袋是不是被门夹了，竟然无端地缺席一场对高三篮球队很重要的比赛，替补又技术不佳，连连出错，害得篮球队再度在本校篮球场上惨败。如果上一次的失败他们无法追究到尹暮川身上，那么这次，他是怎么都赖不掉了。

老实承认是自己睡觉睡过头，乖乖受罚也就算了，尹暮川这个不安分的家伙身体里竟然还隐藏着暴虐的激动分子，被队员指责了几句就当着大家的面殴打了一个同伴，若不是篮球队的成员及时拦住，那个不幸的队员很有可能会继车南轩之后，成为这段时间因为斗殴第二个被送进医院的学生。

无端缺席，还殴打同伴，死不肯认错，尹暮川的行为可以说让学校的老师、教练包括从前的同伴都大为不满，一封联名信送上去，他这个昔日篮球队队长就被“成功”地逐出了篮球队。

在学农期间就跟我关系有些不冷不热的金雅在得知这件事后立刻就来找我，眼泪再次啪嗒啪嗒地往下掉，让我帮她想办法帮助尹暮川。

拜托……我看上去很像是无所不能的神吗?

或者我看上去像是包主任那样有很大权力的人吗?

教练和同伴都态度一致地要将他逐出篮球队，就算是包主任亲自出马，也不一定能搞定的事，更何况是我。

被我拒绝之后，这丫头干脆和我玩起了冷战，两天都不见踪影，不知道她跑到哪里去想办法了。

唉……真不明白，像尹暮川这样的男生，金雅怎么会那么喜欢呢？

喜欢到即使被抛弃，潜意识还是不愿意放弃……

我疲惫地想着，怎么也都找不到那份坚持的理由。

百无聊赖地翻着早上车南轩收来的恋人投诉信，厚厚的一大叠，只是离开学校七天，投诉信的数量就达到了以往一个学期才会有的量……

他们不会都在我离开的时候，如同流感一样，突然爆发了吧？

我郁闷地想着，随手抽出了里面一封信笺，打开快速地扫了一眼。

然后，我成功地傻眼了。

老天，里面的是什么东西？

我是眼花吧？

不是眼花也一定是我日子过得太悠闲了，所以我竟然神经错乱了！

我使劲地揉了揉眼睛，又再次将视线移到了信纸上。

我要投诉我自己。请求你拆散我们。

落款是，车南轩。

这个家伙是疯掉了吧！

哪里有人自己投诉自己的！

而且……是那个以前死活不肯打光棍的车南轩啊！

“不予受理！”我胡乱地将手中的纸揉成一团，随手扔向了身后，拆开了另一封信。

……

不管是哪一封，里面的内容统统都是那一行！

这么厚厚的一大叠，分明就是车南轩一个人写的！他吃饱了撑的，拿这些东西打算塞爆投诉信箱吗？

我翻出了压在书堆之中端木太阳的投诉信，情不自禁地有些感慨了。

当初这个家伙不断地强调，他们在一起不合适，一定要分开。现在车南轩又发神经，写了那么一堆投诉自己的信，好像自己的恋人钟离有多可怕似的……

我瞥了一眼挂在墙壁上的钟。

高三也应该快下课了吧？

虽然端木太阳的眼镜蒙着厚厚的光，看不清他的眼神，但我还是能感觉得到，我的出现让端木太阳和他的同学都很惊讶。

看他们那个眼神，似乎我是来找端木太阳麻烦的。

喊……我才没有你们想的那么无聊，专门找人麻烦！

我在心里轻哼，然后朝坐在端木太阳旁边的同学钩钩手指，他还不算傻，茫然了几秒就会意地让开了位置，空给了我。

我懒散地一屁股坐了下来，尽量让自己的声音听上去可以严肃一些："我也不多废话了。这次我希望你能老实告诉我，你希望我拆散车南轩和钟离两个人的理由。"

"我上次不是……"

"车南轩花心应该不是你真正的理由吧。上次被你忽悠过去了，但是这次你别想给我再蒙混过关。"我一字一句不快不慢地说着，保证每句话都吐字清楚。

端木太阳显得有些为难，虽然他的脸是面对着我，但是角度却恰到好处地避开了我的视线，和上次一模一样。

哼，小子竟然敢跟我耍花样！

"如果你不愿意说理由的话，那就很抱歉，我不能受理你的请求了。因为车南轩有包主任的特别批准，不管他在学校里怎么谈恋爱，他人都无权干涉。你没有能够说服包主任和我的理由，我也就无能为力了。"

"怎么可以……"

"啊，就是这样啊，同学。不管你怎么想要拆散他们，说不出理由是不行的啊。唉，我看你还是放弃吧，喏，这个还给你，别再想着投诉的事情了。"见他有动摇的样子，我立刻乘胜追击，将投诉信塞到了他的手里，一副同情状地拍拍他的肩膀，"啊，你们周围的同学也听着啊，没事就别往投诉信箱里塞关于车南轩的投诉信了，我不受理啊。"

"可是他们……"终于，端木太阳再也沉默不下去了，他抬头看向了我，蒙在镜片上的光在一秒内散去，我看见了那双清澈的眸子，不似长期奋斗于书本之中拼死学习的那些书呆子所有的死鱼眼。我在心里偷笑，但这笑还没来得及蔓延，端木太阳就被另一个怒吼声给覆盖了。

"为什么不受理？夏泽，你到底想怎么样？"

我只看到端木太阳的嘴巴在动，但是关于"他们"之后的那几个字，我什么都没听到！

啊……怎么会这样！怎么会这样！

我好不容易才逼出来的话！

我张大嘴巴，恨不得抓住端木太阳的肩膀使劲摇晃，让他把刚才的话再重复一遍。但是我还没来得及出手，就被一个人硬生生地从背后拽离开了椅子，站了起来。

温热的气息涌向了我的耳边，车南轩这家伙不知道是从哪里冒出来的，正死死地拉着我。

很显然，刚才那声怒吼正是他发出的。

"为什么不受理我的投诉？"

我气得就差没有喷火，而面前的这个人的愤怒指数也一点儿都不比我少。

“你有病啊！哪里有人自己投诉自己的！快点儿放开我，我还有事呢！”看到他我就想起刚才那一堆投诉信，顿时有种被耍的感觉，“你自己谈腻了就自己跟钟离说分手嘛！难道钟离是哥斯拉？你跟她分手，她会吃掉你啊？就算会，我也不是奥特曼，能帮你干掉她吗？”

“谁要你帮我干掉她！夏泽，你到底要怎么样才肯相信我说的话啊？”

“你什么话啊？你别烦我，让我把话问完！”

火气啪啪直升，我简直是在和车南轩比谁吼得更大声，谁更加有气势，完全忘了我们现在正在其他人的班级里。

附近的同学早就知趣地移动了阵地，纷纷和我们保持两米开外的距离，个个都用那畏惧的目光盯着我们两个。

天知道车南轩是不是抓上了瘾，就是不肯放开我的手。因为我是被他从身后拽起来的，他的胸膛几乎就贴在我的后背上，我只是想要挣脱开他的手，谁知道他竟然整个人都从后面把我抱住，牢牢地抱在了怀里！

怦怦……

糟糕，心跳又开始失常了！

血液直往脑袋涌，我能想象得到此时我的脸已经涨得跟熟透的番茄一样。

“车南轩，快点放手！放开我啊！”

“夏泽，你到底要我怎么样？你到底要怎么样才肯相信我喜欢你？你告诉我，我一定去做。”

车南轩的头几乎就贴在我的耳边，他的话像一颗炸弹，轰炸得我脑袋嗡的一下直响，并且我能感觉得到，从四面八方射来的目光瞬间由惊恐化为了错愕。

啊……你有完没完啊！学农那天，没人的时候你这么说我当你在开玩笑，现在这里这么多人，你胡言乱语什么啊！

我讨厌被众人注视！尤其是那种沉浸在错愕中全体傻掉的目光。

该死，到底是哪个多嘴的家伙告诉车南轩我在这个班级的！是哪个家伙把他放进来的！

"车南轩，你别再乱说话了！如果让钟离听到，你想被她再甩一次吗？"

"如果你愿意相信我，我现在就打电话给她，让她马上甩了我！"

疯了疯了……这家伙的脑袋已经不是神经抽搐短路的状态了，完全是断路！

车南轩仍旧没有要放开我的意思。我的背紧贴着他的胸膛，心跳快速得让我几乎喘不过气。

"别闹了车南轩，你这样钟离她会伤心的。"

我不想被她用怨念的眼神看着……

我不想变得和她一样，喜欢上车南轩……

喜欢上他的人都会受伤。

钟离是，安琪琪也是，我不要……

我……

身体莫名地随着内心不断重复的抵触隐隐地颤抖，我咬紧牙关低下头，视线里一片黑暗，我脑袋乱得无法再去感受周围的同学究竟是什么样的表情。

"你在……害怕？"

隐约地，我感到车南轩微微地松开了我的手。

他往后退了半步，不再那么贴近我。

我不吭声，心脏还在狂跳，喉咙干涩得吐不出声音，堵得难受。

我在害怕？

害怕相信车南轩的话？

害怕……相信他是喜欢我的?

身边，那个炙热的温度，慢慢地从我身边离开。

“呵……被安琪琪诅咒中了吗?”我听到他低喃的声音，班级太安静了，或者说，是陷入一种死寂的状态。

没有人敢突兀地说话，去打搅这个气氛。我只能听到车南轩一个人的声音：“若你不信我，那么如你所愿，我车南轩从现在起，打光棍。”

他离开了，脚步不快，每一步都走得很实，落在地面上，仿佛很沉重。

不相信他吗?

即使他重复了那么多遍……还是没办法相信吗?

03

要知道，在学校里不管是什么流言，只要有人出没，它就会被传到各个角落。我走在回学生会的路上，就明显地感觉到了大家射来的异样目光，虽然没有几个敢正面打量我，但只是这种眼角的余光就足够让我头痛了。

“啊，夏泽，包主任在等你，你快点上楼!”我才走进学生会所在的大楼，一个学生就急匆匆地跑了过来，满脸焦急与为难地说着，不知道是包主任给她施了多少压，才能让她脸色看上去如此难看。

唉……一个小时都没有吧?为什么这么快就传到包主任耳朵里了……

我无力地长叹了口气，认命地往楼上走，脑袋里不停地构想着等见到包主任该怎么解释，将我和车南轩撇清关系。

“你终于知道回来了?”

包主任，你别把话说得跟怨妇在家等待不归来的丈夫那样好不好……

如此敏感的一句话让我忍不住打了个冷战，我赔笑地走进屋里，小心翼翼地关上了门。

当前状况，宿星不在，只有包主任，用三个字来形容就是，很糟糕。

“夏泽，我想你也知道我在这里等你的理由了。我不想多说什么，外面传的话我也不相信，我要你老实跟我说，到底发生了什么。”

包主任的表情十分认真，我能感觉得出他在努力地保持着自己的耐心。

“……其实，事情就是你听到的那样。”被他这么看着，我不禁有些心虚，刚才想的乱七八糟的借口顷刻忘干净了，“我想那应该也只是车南轩一时兴起吧。”

“那你打算怎么处理！”

感叹号的口吻，不是询问，而是一种责备。我想包主任现在一定很生气，从一开始，他就跟宿星一样，警告我不要随意去接近车南轩，是我自己不听，逞强要往他的浑水里掺一脚。

最重要的是，我现在根本不知道该怎么办。

“你明白吗？我现在不是在追究你的责任。不考虑这种事传得沸沸扬扬，让我很为难，对于你现在所在的立场而言，也是很大的一个炸弹，你懂吗？”我沉默得不知道该说什么。包主任将整个身体都倚靠在了椅子上，大拇指使劲地按着太阳穴，“从高一开始，那些学生就想着法子要让你从学生会会长的位子上滚下来，你现在被他们抓到那么大的一个漏洞，先不说一些有心人会以此为话题乱说，投诉信箱的事你也再不能管了！你知道吗？”

我一愣，一些话不留神地脱口而出：“你是想说，我不能再管投诉信箱了，是这样吧？”

别人再怎么乱说，我想这个流言都不足以将我从现在的位置踢下来，但是，它却是一个硬伤，对于一个处理投诉信箱、专门拆散恋人的我来说……

而一旦失去了这个职权，那么当初我和包主任的约定也就因此无法成立了……

我不知道我究竟是怎么了，脑袋里突然冒出了这么一个想法，一种无法形容的可怕感觉迅速袭来，让我忍不住瞪大了眼睛盯着面前的男人，他也因为我的话呆住了。

“你想到哪里去了，夏泽!”包主任一下子急了，他噌的一下跳了起来，“你在担心什么?”

“我……”

“……”包主任不说话了。他的视线渐渐地变得凝重，不同于之前的严肃，反倒是想要通过眼睛，把什么看穿。

许久，我听到他深吸了一口气，然后又长长地吐了出来。

“你喜欢车南轩吗?”沉默之后，包主任的话不再似之前一般有力，轻悠悠的，多了几分空灵，缥缈得倒不像是从他嘴里说出来的了。

“包主任?”

“你喜欢上他了吗?”包主任还是在重复着同一句话。

喜欢？喜欢车南轩?

我只是知道，我害怕，害怕相信车南轩喜欢我。

但关于我是不是喜欢车南轩这个问题……我从来没有想过。

“现在没办法告诉我答案吗?”包主任缓慢地朝我这边走来，皮鞋在木地板上敲出嗒嗒的声响，每一步，都仿佛可以和钟声相叠。

“我……”

“好了，如果说不出来就不要说了。这件事我来替你处理吧。”包主任最后还是没有多说什么，睁一只眼闭一只眼地无视了这件事。

有人就是不愿意轻易地让话题这样淡去。

关于车南轩和钟离分手的事学校里很快便传得沸沸扬扬了，大多数同学都在像往常一样指责车南轩用情不专，但仍旧有不少学生将矛头指向了我！说我是可耻的第三者……

咳，这个称呼真恶俗。

而车南轩这个唯恐天下不乱的家伙，完全不打算避嫌，整天像个无业游民似的出现在我眼前，来回地飘！而包主任除了无奈地叹气，根本不打算将他赶出学生会！这下，让我答理他也不好，不答理他也不是了。

天知道他是从哪里听来“要让对方接受自己，就必须让对方接受自己的过去”这样无聊的话，现在他一见到我，根本不管我愿不愿意，强制地拉着我去听他那些乱七八糟的从前发生在他身边的一些有趣的事情。但是因为金雅的事我总是心烦意乱，他说了这么多天的废话，也全部都被我一只耳朵听进，另一只耳朵给放出去了。

而之后，金雅也找上了我。

我不知道这些天她都干什么去了，回来之后虽然嘴上说不会再管尹暮川的事，但是我能感觉得到从她身上散发出的失落与疲惫之意。

她终于意识到，要帮助尹暮川是一件很困难的事了吗?

我很想用坦然的态度不再去理会尹暮川的事，只是这个想法每次在看到金雅沉默的样子后就没办法下定决心了。

“金雅，你为什么会喜欢尹暮川呢?”我胡乱地翻着漫画书，忍不住问道。

她木然的脸上因为我这问题隐约地浮现出了一些很微小的笑意，我想她应该在很用心地回忆，寻找答案：“我也不知道。只是每次经过篮球社都会看到他很用心地练习篮球，觉得他在球场上奔跑的样子很帅，仿佛全身都在发光一样，很吸引我。”

“那就是一见钟情?”

“或许……吧。不过我想，一开始我会对他产生好感，也不过是在妄想，这样一个追逐着篮球、追逐着自己梦想的人，若他的视线里能有我的存在，那我或许就会成为最幸福的一个女孩了。”

因为一种假设、幻想，所以将视线绑在了他的身上?

所以才开始带着一种虚假的期待，然后时间将情感加重，越来越无法将目光从他身上拨离?

但是啊，妄想终究是妄想。

若最终还是什么都无法实现，最受到伤害的，还是一直被自我所欺骗的自己罢了。

金雅安静着，许久我又听到了她的声音，缓缓的，有些沉重，不似之前一般明亮了："钟离对于车南轩的情感，或许也是那样的吧。”

“什么?”

“因为车南轩就像自由的风，根本无法抓住，所以才会更加地想要接近，想要拥有吧。”金雅的眸子微微地有些黯淡，脸上又恢复了平日的冷淡，甚至有些麻木地看不到哀伤了，“但是，像车南轩这样的人，根本不可能为谁停留吧? 他一直都是单一地存在着，偶尔兴起了，便和谁玩游戏，但兴致没有了，他又吹向了另一边……”

我怔怔地看着她，翻动着书页的手莫名地停了下来。

这样的话，我从来没有听金雅说过。至少以前她从来都没有这般形容过车南轩。

她说得最多的，也就是感激的话。

比如最简单的形容——好人。

有些话，不需要谁说，大家心里都很明白。

可是，明白了，却也不一定真的如此告诉自己。

就像是为了故意逃避一些东西，所以努力地装得麻木，装得无知，无视掉一些东西的存在，反倒觉得自己可以毫不在意地度过了。

是的，我承认，车南轩他就是自由的风。

只要他乐意，他便自由地穿梭在各个地方，不为任何人所困。

如果指望用一个瓶子关住飞过身边的风，那么最后打开，能够剩下来的，也不过是透明的空气罢了。

而风，早就飘得无影无踪了。

何处可找?

“有时候，我真的很庆幸，我喜欢的是尹暮川，而不是车南轩。”金雅脸色未动，眸子里也不见笑意，她只是一字一句地阐述着什么，像机器一样，“所以，夏泽也千万不要喜欢上车南轩，好吗?”

哑然了数秒后，我了然地笑了。

我将注意力重新放回到漫画书中，用沉默结束了这一段对话。

我不知道金雅是什么时候离开的，最近她总是静悄悄的。也许刚才我的不语在无形之中也让她很尴尬。

其实，我并不是不想回答她。而是一如既往地，不知道该怎么回复罢了。

连我自己都没有答案。

04

如果说金雅的话对我完全没有影响那是不可能的，至少我现在不会一整天都死在学生会中，等着被车南轩骚扰。在学校四处乱逛，躲避着被车南轩这个绯闻聚集的家伙抓到的日子里，我想到了尹暮川的事。自从流言传遍学校，他渐渐地开始淡出人们的视线，我自始至终都没有见过他出现。

故事仿佛就在他被逐出篮球队后戛然而止了。

我越想越觉得奇怪，最后还是忍不住再次翻出了关于他的资料看了一遍，决定去见他一次。

然而，事情往往总是不能轻易地如人所愿。

我去了他的班级很多次，就连篮球场附近都地毯式搜索了好几遍，就是找不到他的人影。

询问他的同学或者队友，除掉那些见了我就逃跑的家伙，我得到的回答也都大致相同。

“尹暮川啊……我很久都没见到他了。他在玩失踪呢，是不是转学了啊?”

“之前流言传得太凶，可能躲起来了吧。”

“这样的家伙不见到也罢，大家都在一起读书近三年，竟然一到重要的时候就知道把责任推卸给别人!”

……

听着他们的回答，我突然觉得有些困惑了。

尹暮川事件，发生的正确时间就在我们学农的第三天，因为学校封锁了很多内部消息，大部分的消息都是由一些当时的同学和篮球队的队员传出的，众口不一的缘故导致一些内容越传越失真，到最后很多同学除了知道尹暮川无故缺席、殴打同伴，最后被逐出篮球队之外，什么都不知道。

如果说流言在我们事后回来已经有所平息，那么之前……

“呼，总算让我找到你了，夏泽!你就那么热衷于捉迷藏吗?你知道麦纳斯学院有多大吗?”正想着，背后忽然一只手猛地拉住了我，我吓得脑袋嗡的一下变得空白。

啊啊啊，车南轩你这浑蛋，你难道不知道突然冒出来这样大喊，很容易把沉浸在思考中的人给活活吓死吗?

“又不是我让你找的。”我小声嘀咕着。对方反倒笑得跟花一样，那只咸猪手不停地拍在我的背后，分不清到底是在帮我顺气，还是故意在打我解气。

“喂，你这个绯闻聚集体，快点儿离我两米远!”

我迅速地扫视了一番四周，还好这条路上一向来往的学生都不多，否则谁知道等会儿学校里又会传些什么乱七八糟的东西!

车南轩耸肩，但还是死皮赖脸地站在原地不动:“这条路也就两米宽，你现在站在路当中，难道你是希望我去践踏那些可怜的花花草草吗?”

“喊，你践踏得还少吗?”我理所当然地回道，本来只是很讽刺的一句话，但车南轩听了之后，却意味深长地“哦”了一声，那感觉立刻就不对了。

“哼，你不走我走。别挡我道!”

“啊别别，夏泽你到底要怎么样啊?”

我要怎么样?

呃……他这话怎么说得好像是我在为难他?

车南轩这家伙绝对演技一流，表情收放自如，根本不担心面部会因此抽筋。他收起了笑容，迅速地换上了认真的神色，黑色的眸子凝视着我，仿佛要把我看穿一般。

怦怦……

心跳失措，我皱眉慌张地将头撇到了一边，转身就往另一个方向走。

“不怎么样，你别跟着我。”

我逃跑一般往学生会的方向疾走，只是还未走进去，我就看到包主任拿着一堆东西从里面走了出来，见到我立刻就抓住了我。

“夏泽你来得正好，跟我出去一次。”

“出去?”

包主任腾出一只手急匆匆地就要拉着我离开：“对，我打算去一次尹暮川的家。”

尹暮川的家?

难道包主任也开始在意他最近的行踪了?

我连忙点头，而车南轩这家伙却好死不死地也跟了上来。

“哦，串门啊?哈哈，我也要去。”

是家访，不是串门!

你这是什么思维啊！

“你等等还有课吧？”包主任间接地拒绝了车南轩。可他比狗皮膏药更顽强，怎么可能被这么一句话就打发？

他莞尔一笑，双眼都弯成了两条弯弯的线：“我应该也没有上课的必要吧，包老师？”

他那是什么意思？什么叫他也没有上课的必要？

如果我没有记错，我可是从来没有见他上过年级前50名的排行榜啊！这样的成绩，会没有上课的必要？

包主任看了一眼手表，不再和他多嘴：“你要来就来吧。”

哎？不是吧！这么就放过他了？

05

尹暮川的家离学校还算比较近，步行半个小时就能到。

开门的是尹暮川的妈妈，我曾经在包主任的办公室门外见过一眼。也不知道是不是因为在家的缘故，她素面的模样和记忆里仅有一次的瞥见有很大的区别。她的脸色黯淡，而双眼却有明显的红肿痕迹，眸子更显得疲惫，略为干枯的黑发被她随意地束了起来，有些凌乱。此刻面前的她显得憔悴很多。

尹暮川的妈妈一见到包主任，急急忙忙地招呼我们进屋了。

尹暮川的家是普通的两房一厅，简单的装修，没有什么华丽的摆设、高雅的装饰物，不算拥挤的房子谈不上特别整齐，但每个空间都运用得恰到好处，也就不显得凌乱了，至少我们站在里面不会有拥挤的感觉。

“抱歉啊老师，还麻烦你们特别跑一次。暮川这孩子生病了总是不好，这么多天没去学校报到，我也很担心啊。”女人招呼我们坐下后，将饮料一杯一杯送到我们的面前，然后才为难地将话题移到了尹暮川的身上。

“嗯，我听他的班主任说了，他这么多天高烧还没退下来吗?”

女人在我们对面找了一把椅子也坐了下来：“烧是已经退了，就是身体状况还不太理想。”

包主任和尹暮川妈妈的对话模式显得很僵硬，听着他们的对话，我大致明白了尹暮川这些天都没来学校的理由——发烧。

自从被逐出篮球队后，他自暴自弃地吹了一个晚上的风，结果就特没用地病倒了。

正所谓不生病的人突然病倒，那程度绝对要比一般人都厉害。好不容易吃药、吊盐水让烧退了下来，但尹暮川的精神状态一直浑浑噩噩的，一副要死不活的样子，把他妈妈急得如此憔悴。

我感慨，眼角的余光无意地瞥到了一旁，一种无力感顿时袭来，让我忍不住想要低头扶额，深呼吸。

车南轩这家伙绝对脸皮比城墙还厚，第一次到陌生人的家里也不会露出任何尴尬僵硬的神色，他俨然已经把尹暮川的家当做是自己的家，在客厅里走来走去，东看看，西看看，鬼知道他到底在看些什么!

“这个就是尹暮川那家伙赢的奖杯、奖牌?”

包主任正和尹暮川的妈妈商讨着该怎么开导尹暮川，让他早点回到学校，车南轩的声音蓦地响了起来。他站在客厅里唯一一个组合橱柜前面，伸着手指还念念有词地数道：“一个，两个，三个……嗯……五个奖杯、七个奖牌，嗯，奖状也不少，他挺厉害的嘛。”

听不出是赞美还是调侃，尹暮川的妈妈在听到车南轩的话后，微微地牵起了嘴角：“这孩子从小就体育方面特别出众，赢了不少奖。”

“哈哈，看出来了。”车南轩爽朗地大笑，轻松的声调似乎故意在和这阴郁的气氛作对，想要冲淡它的痕迹，“我记得我还看过你儿子的比赛呢，真的超级厉害，只是随便那么一扔就进篮了。啧啧，要知道我从小体育就特别差，体育考试就没几次及格的，尤其是篮球，人生的大败笔啊。”

车南轩说着，对着阳台的方向很自在地做了一个投篮的姿势，然后回眸对着尹暮川的妈妈咧嘴一笑。

啊……这个家伙！

他在干什么啊？笑得那么欠揍！

“阿、阿姨，我这个同学他脑袋……”他脑袋很不正常，你千万别理会他。

我发誓，我真的想这么说，可对方似乎一点儿都不在意，反倒被车南轩那灿烂得有些过分的笑容给吸引了。

“等暮川没事了，我一定让他陪你打球，这种事多练习一定会好的。”

“真的？哈哈，那我得记住了。”车南轩一手握拳捶向另一只手，做出了一副恍然大悟的模样，“啊不行，我得亲自跟那家伙说一声，否则他到时候耍赖，不肯做我教练，那可就郁闷了。”

女人的笑意终于完全地显露了出来，她指了指走廊右边的一间房间说道：“傻孩子，他在房间里，你去跟他说吧。”

“好好。”他笑眯眯地连声答应，走到我身边拉着我就要跟着他一起去，“走走，夏泽，你去给我做公证人。”

哎？这是怎么回事？

车南轩什么时候对打球感兴趣了？那么积极地要找尹暮川做教练？

我踟蹰地盯着他，忽然我感到包主任用脚轻轻地踢了我一下，示意让我起来。

“车南轩在套她的话，让我们可以单独和尹暮川说话，你快跟去。”包主任的声音在我起身的瞬间同时响起，轻得划过我的耳边，只有我一个人听清楚他说了什么。

哎？不是吧？车南轩刚才的那些话，其实都是另有目的？

被包主任一提醒，我这才意识到，自从刚才我们进来，尹暮川的妈妈除了告诉我们尹暮川的现状，和包主任谈论一些模式性的话题之外，根本没有要让我们进他房间的意思。

她根本是打算一个人应付我们，一直到送我们离开！

尹暮川会生病，变得卧病不起，除了一些自身的原因之外，在旁人看来，和学校还是多多少少有那么一些关系。

如果说，这是作为一个母亲对于孩子宠溺的保护，不放心我们轻易去见自己的儿子，那么也就能解释清楚了。

“你那是在色诱吗?”虽然我很想赞美一下车南轩，但才开口话就不对了，我又忍不住挂上了调侃的表情。

“我在帮你们哎。”他故意楚楚可怜地眨了眨眼睛，然后脸上笑得宛如漾起了一朵花，“不过夏泽，你告诉我怎么色诱你会比较容易成功? 我一定去试试。”

你当我是喜欢包养小白脸的富婆吗?

我不理会他，站在尹暮川的房间门口，轻轻地叩击了几下门，轻手轻脚地推开了。

如同预想中篮球爱好者的喜好一般，一走进房间，尹暮川房间最先映入眼帘的，就是墙壁上贴着的各种各样穿着球服的篮球明星的海报。那些海报几乎把整面墙都覆盖了，若不是房顶还白秃秃的，我几乎无法辨认他房间的墙壁究竟是什么颜色。

尹暮川的床靠近窗口，在听到开门的声音后，他睁开了眼睛。

因为生病的缘故，他的脸看上去有些瘦了，较深的肤色也透出了浅浅的苍白，就连眼睛也失去了往日的神采。

如果说从前的尹暮川是个活跃在阳光下，活泼而又严谨的篮球队队长，那么现在的他，简直就像个软弱无力的废物。

“你是……你们怎么来了?”他的声音很虚弱，语气谈不上是厌恶还是欢迎，平静得没有过多的挣扎。

“哈哈，你妈妈说等你病好了让你教我打球，所以过来跟你重复一句咯。”车南轩大大咧咧地走到了他的床边，随手就拉过床边的椅子，跷着二郎腿坐了下来，只是屁股还没有把凳面坐热，他又迅速地跳了起来。

“你乱跳什么啊？”

“哈哈，我可是打算绅士地让位呢！”他拉住我，强行地将我拖到了椅子边，双手放在我的肩膀处，将我按了下去，“你应该有什么话要跟尹暮川说吧？放心放心，我会保持绅士态度，一句废话也不插的。”

“只要你在这儿，就算你什么话都不说，也够影响心情的。”我在心里无声地嘀咕了一句，但没再说啥，将注意力放在了躺在床上始终保持沉默看着我们的尹暮川身上。

我清了一下喉咙，沉声问道：“我也不想说什么冠冕堂皇的话，这次和包主任来，我只是想知道事情的始末，尹暮川，你可以告诉我，比赛那天你迟迟没有出现，并且事后殴打同伴的原因吗？”

想要别人老实地回答自己的问题，首先自己就得先显得够认真，我从来都不相信用玩笑的态度能问出什么正经的答案。

我以为只要够严肃，尹暮川就能配合着回答我的问题，谁知道他却很不屑地勾了一下嘴角，淡笑中满是不在意：“这些天，你不是都听说了吗？还希望我说什么？”

“说实话，我不相信你会莫名其妙地殴打自己的同伴，更不可能会不参加比赛。”我坦白地说出了自己的直觉，“我想我并不了解，对你也没有太多的好印象，不过你对梦想可以执著到旁若无人、完全不理会别人的程度，我却很认同。所以，这样的你，绝对不可能放弃任何一次比赛，即使对方十分强劲，即使失败的概率大到几乎不存在反败为胜的可能。”

这就是我心目中尹暮川的形象。

他完完全全地沉浸在自我的世界里。他和篮球共存，仿佛只有和篮球在一起，他才是完整的。

所以这样的他，才不会感受到金雅的挣扎。

所以这样的他，才会一次次地对于金雅的哀伤感到麻木。

麻木到一种让我看得都想要狠狠给他一拳的地步。

一心追逐着梦想，不在乎其他人，只知道全力以赴的他，本身并没有错，但是，最后还是伤害了一个人。

那么，这样的他究竟是对了，还是错了呢?

一只手无声地落在了我的肩膀上，我蓦地抬起了头，对上了车南轩黑玉般清亮的眸子。

怦怦……

没有言语，可心跳还是乱了节奏。

那种被无声注视着、安慰着的感觉，明明和宿星从前给的那么相似，但是从前却不会有这种心跳加速的感觉。

“可是，他们根本不会这么想吧。”尹暮川的话打断了我想要深究那份心动的想法，他身体微向一边倾侧，面向了贴满海报的墙面，凝视着上面的人，我想那应该是他崇拜的偶像，“不管我说什么，他们都只相信自己看到的，我越是想要解释，最后越会变得更加无力，变成一个人。”

“那是你把从前在你身边的人推开的缘故吧。如果你能对金雅好一点儿，她一定会不顾一切陪在你身边的。”

每次只要一在他的事上想到金雅，我就发觉他的可怜也没有那么值得同情了，反倒多了几分愤慨，让我忍不住想要多责备他几句，全然忘了看场合。

车南轩加重了手中的力度，按住了我：“我们并不是来听你废话的。你觉得心里很委屈不平，可以把事情的缘由都告诉我们，如果你真的是无辜的，我和夏泽一定会帮你的。”

“你们可以帮我?”话题说到了重点，尹暮川的注意力一下子被吸引了过来，他警惕地盯着我们，目光中的难以置信还是那么清晰，“如果我告诉你们，我是被陷害的，是有人想要我离开篮球队，是有人在背地里污蔑我，你们也信?”

“那就要看你打算说几成实话了。”车南轩没有明确地回答“是”或“否”，模棱两可的，却是最好的回复。

尹暮川微抿起了嘴巴，沉默了许久后，我们耳边才缓缓地响起了他的声音：“好，我都告诉你们。”

Chapter 8

分别与来不及的告白

01

原来车南轩这家伙也不是真的没用，在谈判的时候他竟然比我还能抓住重点。

见尹暮川愿意全盘托出缘由，我烦躁的心为之一振，注意力全移到了他的身上。

他大致理了一下自己的情绪，然后一字一句悠悠地说："我并不是有意不出赛的，而是在出赛前，我喝了被人偷放了安眠药的饮料，关在了生物实验室。等我清醒过来的时候，比赛已经结束了。我没办法撞开上锁的铁门，最后还是一个同学拿钥匙放我出来的。我想让他为我证实我没出赛的理由，但是他却在全体队员面前说谎，说根本没有见过我。"

尹暮川在说到那个人的时候，情绪一下子陷入了激动，面部神经紧绷得连表情都跟着显得狰狞起来，我想他一定在努力地回忆那个人的模样，但记忆越是清晰，就越是让他咬牙切齿。

"生物实验室方位那么偏僻，他怎么可能偏偏拿着钥匙出现在我面前？而我竟然还傻到没有想起他是谁！"

"他是谁？"车南轩目光蓦地也变得凝重了起来，那种听得入神的状态，我完全学不来。

"廖安阳。他是篮球队的一位候补队员。但因为一直缺席，所以我从前对他没有太多的印象。”

我并不想将注意力从尹暮川的身上移开，但是车南轩的表现实在太反常了，他似乎也听过廖安阳这个名字，努力地在回忆着什么，半晌，眉宇间的阴沉才散去几分，他长吐了一口气。

“我想，如果是他的话，要解决你的事就有些麻烦了。”

车南轩这家伙在说什么胡话呢！只是听到一个名字，他怎么那么快就下结论，把事情定义为了麻烦那一类？

我不知道，什么样的事对车南轩才算真正的麻烦，可看他的表情，我有种很糟糕的预感。

“怎么……会？”尹暮川听到车南轩的回答后，刚刚恢复的一丝神采又消散了，他恍惚地碎念，“一点儿办法都没有吗？没有办法让其他人知道他在说谎？”

“不会有解决不了的事，但是，真的很麻烦。”

“所以，所以就让他继续说谎下去？所以让大家继续相信他的谎话，继续认为是我的过错？”尹暮川失措了，他一动不动地注视着车南轩，对方的话还是那么的圆滑，既不完全地否定，但也不完全地答应。

可以解决？但是很麻烦？

车南轩这话不就是在向尹暮川说，这件事的麻烦程度让他不想去做吗？

“车南轩。”我急呼他的名字，但对方只是将手指抵在我的唇边。冰凉的指尖触碰我的双唇，让我忽然觉得有种热血在不断地涌向大脑，无法冷静下来。

“如果是其他人的话，或许一切都会好办。但是廖安阳，我劝你还是放弃吧。”

廖安阳到底是什么样的人？

就连包主任都不怕的车南轩，都不敢轻易动他？

为什么我从来没有听过他？为什么我从来都不知道有这么一号人物？

不可能啊……

如果他存在着，我应该知道啊！

“你原本也只打算这样，不是吗？就当我们什么都没说，不是也很好吗？”

这样不好……一点儿都不好！

如果一开始就没有希望，就可以什么都不期待，就可以继续沉浸在哀伤里，一点点地在麻木中摆脱悲伤。

而你在他什么都不期待的时候，告诉他事情是可以解决的，当他把全部的事实都告诉了你，你却又告诉他，放弃吧，还是回到原来绝望的世界去吧。

这样……太过分了。

“只要能够解决，不管是再麻烦的事，我夏泽都一定会为你证实，揭穿他的谎话！”

我站了起来，推开了车南轩放在我肩膀上的手。

“夏泽，你在乱说什么！”

“我知道我在说什么，不用你这个怕麻烦的旁观者提醒。”我狠狠地瞪了车南轩一眼，转身就要往房间外走。他急得想要拉住我，偏偏脚被椅子绊到，踉跄了一步，没来得及抓住我。

“你认为我是怕麻烦？夏泽，不要意气用事好不好？你听我的话，夏泽！别走！你相信我，我是真的为了你们好啊，你停下来！”

怕麻烦，是为了我们好？

所以尹暮川继续被人误会，也是为了我们？

车南轩的话让我忍不住想要笑。

而他在我身后的喊声，依旧不绝，我却再也听不进去了。

从房间里传来的吵声也惊到了在客厅里的包主任和尹暮川的妈妈，他们纷纷走过来想要看看发生了什么事。

“夏泽，怎么了?”包主任皱眉厉声问道。

“没什么。我只是想快点儿帮助尹暮川，所以决定等会儿到学校里查看点儿东西。”我大致交代了之后的打算，尹暮川的妈妈听到我的话，立刻就抓住了我的手臂，脸上写满了激动，“你相信我儿子?你可以帮助他?”

“到底是怎么回事，夏泽?”

“这个事包主任可以亲自问尹暮川和他妈妈，他们一定会很详尽地告诉你的。”

车南轩就站在尹暮川的房间门口，不再靠近了，只是被他这么瞅着，我觉得浑身僵硬得无法动弹。我想要离开，我不想看到他凝视着我的目光，最近越发的不对劲了……

只要看着他，只是看着他，情绪就会被他牵动，变得混乱，无法自理。

我不想这样……我……

包主任终于不再追究，他放下了拦住我的手：“回学校就不必了。你妈妈刚才发消息给我，说今天希望你能回家一次，似乎有很急的事。”

我没有手机，因为没有特别需要联系的人，也没有什么人会来主动联系我。

从包主任嘴中听到妈妈，我不禁一愣，自从上次回家后，我就没有再和她有过联系了。

我们两个，就像彼此执著于自己世界的人，明明有着常人无法取代的关系，但却比常人显得更生疏，生疏到我只是听到她，都会觉得有些尴尬。

我安静地犹豫了好几秒，最后还是点了点头："好。你告诉她，我现在就回去。"

但是，即使再遥远，再疏离，有些东西还是无法割断。

也……不能割断。

02

我走得并不快，摸索着离开尹暮川家所在的小区，等我回到家时天已经暗了。才打开门，妈妈就冲了出来，拉着我就往房间里走。

"你知道现在几点吗？6点！包老师说你4点不到就在回来的路上了！"

谁让我出门的时候匆忙，口袋里一块钱都没有呢。一路上都是用脚以散步的速度走，两个小时也差不多吧。

走进房间，我就看到了放在床上的新衣服，拆去了包装，塑料纸还堆放在床上没来得及处理掉。衣服的颜色是朴素的黑白色，倒也符合我的喜好，只是裙子那一部分还是让我很不满。我多少年没有穿过裙子了？

仿佛记忆里也只有幼儿园曾经穿过一次很喜欢很喜欢的粉色花边裙，但最后因为大家都说不合适，就再也没有穿过了。

不过……比起裙子，我还是更喜欢裤子的便捷。

"还愣着干什么，快点儿换。等等我们要出去。"妈妈唤回了我的意识，推着我往床的方向走了一步，然后才退到了门口，一手叉腰带着些许命令的口吻说道。

"出去？去哪里？"

"你别管，先换上跟我走就是。"说罢，她关上了门，不再和我解释。

真是……比我还强势。连讨价还价的余地都不肯给我。

我撇撇嘴，为难地看向床上的衣服。

裙子啊……

多少年没有碰过的东西，穿在身上我觉得浑身别扭，仿佛被绳子绑着，僵硬得不能随意摆动。一路上我没有问妈妈到底要带我去什么地方，她似乎也不打算跟我解释什么，我们两个只是很安静地、一前一后地走在路上。

她沉默地带着我来到了一家看上去普普通通的饭店前，然后径直走了进去。

特地叫我回来，就是为了出来吃饭?

这不是她的作风吧……

直到我看见了另外一个熟悉的身影后，才明白了这究竟是怎么一回事。

不同于我和妈妈之间明显的陌生感，同一桌，另一边的三个人显得异常的亲密，一个六七岁、才上小学的女孩坐在他们中间，正用好奇的眼神偷偷地打量着我，每当我皱着眉头回看她时，她又连忙转开了视线，假装正在和身边的人说话。

“真是个会装腔作势的小丫头。”我在心里暗想道，不是赞美也不是讽刺，我只是不喜欢这样的小孩罢了。

而且她是出现在他的身边，那个，我从前的爸爸的身边。

和妈妈典型职场女性的精干、一丝不苟比起来，面前的男人让人感到更多的则是他自身无法掩盖的文质书生气，和他小学语文老师的身份异常吻合。

小时候上学时，同学总说，我很幸福，老爸在学校里做老师，平时午饭有特别优待，活动也会有特权，就连读书都会得到其他老师额外的照顾。

小孩子知道的总是不多，所以以前让别人羡慕的地方，现在自己想起来，偶尔觉得有那么点儿可笑。

但是那个时候的自己，也同样地那么认为着，天真地认为，这样的生活也不错。即使更多的时候和爸爸生活在一起，总是见不到在其他城市工作的妈妈，也不会觉得寂寞。

然而所谓的不错，也只是持续到我小学毕业爸爸妈妈分开的那天。他们彼此之间没有过多地说什么，仿佛只是情感走到了尽头，维持现状的爱情没有了，所以分开也变得理所当然。

真的是这样吗?

真的是这样吗?

连续问着自己同样的问题，可是我又怎么会懂?

“小泽，我们也有很久没见了吧? 嗯，大概有好几年了? 这个是你妹妹哦，叫思媛。思媛，快点儿叫姐姐。”爸爸催促着身边缠着他撒娇的女孩说道。像她这个年纪的小鬼正是无端任性、耍小公主脾气的时候，可能是感觉到了什么，她白皙的小脸蛋上充满了不乐意，最后不得已才拖长音，随意地喊了一声“姐姐”。

“是啊，是有好几年了。不过这并不算久。”我挑眉，故意不理会她，只是漾起一个笑，对着男人回道，“对我而言，时间只有长到让我再也想不起来你的时候，才算真的久。”

“夏泽。”妈妈责备的声音响起，我想我或许是话说过了一点儿，男人尴尬地咳了一声，没再接话了。

简单地互相介绍了几句，饭局就开始了。普通的饭店人不算多，上菜的速度还挺快，不出半个小时，圆形的桌面就堆满了各种各样的菜。

看着妈妈和他们有一搭没一搭地聊着天，埋头尽量让自己的动作高，对于一个根本不太会发火的男人来说，这已经是他最凶的表现了。

我木讷了几秒，轻笑："我看上去像那么执著于一件事的人吗?"

对于一个从小只和爸爸生活在一起的孩子来说，妈妈是陌生的。她只想和爸爸生活在一起，并且约定着，不会互相抛弃对方，他们是彼此之间最重要的亲人。但当某一天，爸爸以一句"发现了属于自己的真爱，不想再和一个冷漠的女人荒度自己一生幸福"的话，毅然地离开的时候，全部的执意，最终也不过都在男人的失言之中，化为了泡沫。

不管曾经有多怨恨，现在的我，不再会如此。

现在的我，也不过是个懒散又没有什么特别志向的人。每天只是浑浑噩噩地生活在小说与漫画的虚假世界里，空有一个好的脑袋，除了考试之外，我一直在荒废。

"你这是对你爸爸应该有的说话态度吗?"一旁的女人猛地站了起来，伸手指着我就大骂，仿佛对我有多少不满似的。

她的脸上涂满了粉底，厚得她一说话就会震落进她身下的菜中。我忽觉一阵恶心，将面前的碗筷干脆往旁边推开，也站了起来。

"怎么？不爽吗？不好意思，我就是这个态度，更何况当人在有优势或者抓住人把柄的时候，就更加有权利逆转。啧啧，另外，你脸上的粉质量真差，是地摊上 10 块钱 2 个的那种吧？嗯，便宜果然没好货，只是皱纹比常人多了点儿、深了点儿就完全掩盖不住了，说几句话就不断往下掉，就算你家人不介意吃你一点儿脸上的粉，可不代表我们愿意啊。麻烦你把脸往旁边挪一点儿，我还未成年，不经吓的。"

女人被我气得直哆嗦，指着我的手没有放下，但一个字都喊不出来了。

看上去优雅的样子，我很想笑，我很想站起来，结束这场让人觉得尴尬的应酬。

“夏泽，吃饭。”妈妈看出我脸上堆积起的烦躁，夹了一块肉放进了我的碗里，同时也无形地阻止了我想要离开的行为。

低头闷不吭声地吃着，我用眼角的余光注意妈妈，她看上去只是很安静地在吃饭，但是只要略微倾斜一个角度，就不难发现，她的视线其实一直都在注意着一个方向，只是那一边的人，被一大一小两个女人包围着，根本没有发现罢了。

忽然间，她似乎发觉我在看她，连忙撇开了头站了起来：“抱歉，我去一下洗手间。”

说罢，她从拎包里拿出了纸巾，匆匆忙忙地离开了。

那个背影在我看来，就像逃跑一般。

爸爸见妈妈离开，蓦地放下了手中的筷子，拉开了一直缠在他身边的女儿，拖着椅子往我这边挪了一下：“夏泽，你不要这样。爸爸不是故意不跟你联系的。只是家里一直都没有人，我想要找你手机的号码，可是一直都找不到……”

“我没有手机。一直都没有。”

冷不丁地打断了他的话，我冷淡地扫视了他一眼，之前一直的笑意顿时漫了上来，我忍不住勾起了嘴角：“让你这么多年都个不存在的号码，真是辛苦了。”

“夏泽，爸爸我……”

“啊，不好意思，我想你似乎哪里搞错了。这里只有我

我故意装傻，掏了掏耳朵，将椅子拖离了他的面前，但头着，让自己的目光可以与他对视，“你女儿在那里，请你往

“……你在怪当初我没带你一起离开吗？”他的饶舌能是不敌车南轩，和我没对上几句话终于没了耐心，他的声

我挺直了腰板，远远地看到了妈妈正朝我们这边走来，我连忙拿起了她的包，离开了座位。

“请你们继续品尝掺有粉底的菜吧，恕我们不再奉陪了。”

我迎到了妈妈的面前，她还没弄明白我为什么拿着她的包出来。

“夏泽，你干什么？”

“走吧妈妈。如果真的难受，就不要勉强自己。一个人偷偷跑厕所擦眼泪一点儿都不是你的作风。”我盯着她双眼，那么明亮的眸子里，还有眼泪的痕迹。我低喃着走到她的身边，握住了她的手。

不大的手掌，已经不再拥有从前的柔软细腻，掌心里是厚实的趼，有粗糙的痕迹。

这么久了，我从来都没有那么接近过她，更没有握过她的手。

在看到爸爸追出来，但被身边的女人拉住，欲言又止的样子，我莫名地竟有些鼻子发酸了。

“我们走吧，好吗？妈妈。我会陪在你身边的，哪儿都不去。”

我轻声地对她说着，她一怔，表情呆滞了。

半晌，我才见她缓缓地点了点头，像个无助的孩子一样，不见之前的强势。

03

夜很安静，静得仿佛可以吞噬一切。我沉默着不敢说话，目光追随着身边的人，她涂着口红的唇抿得很紧很紧，在努力地克制着什么。我无法去打搅她，只能这么看着，这么看着。

我想，她也许很久很久之前就习惯了忍耐，否则那么长的一段路，她又怎么会直到迈进家门的那一刻，泪水才突然决堤，晶莹的液体往外涌，一滴一滴地落在了地上。她嘶哑地呜咽着，用手捂住脸，整个人都蹲在了地上，不高的身体蜷缩得宛如虾米，小小的，显得那么弱小。

我不言不语地关上了门，将这个属于我们的世界关得严严实实。

“为什么……为什么会这样呢……为什么他要那么幸福，而我却变成这样?”

我也想知道这是为什么啊。

为什么跟叛徒一样的他最终却得到了幸福。

但是剩下的另一个人，却寂寞地停留在这里，只能这么无能为力地哭泣，嘶哑地哭泣，连放声大喊都做不到。

“为什么他的幸福里没有我……为什么他不能存在于我的幸福里……为什么……”

脑袋里，记忆深处，很久很久以前，妈妈哭着自喃的声音再次响起。那时的她，和现在那么相像，一样地将自己困在一处，一样地痛哭，那么的哀伤，那么的寂寞，而我一如既往地站在她旁边，只是这么看着她，什么都做不了。

我记得，爸爸离开妈妈的理由是，妈妈总是忙于工作，俨然一副事业高于爱情、高于亲情的样子，一年都不会回几次家。有人说，一个家里，女性表现得太强大，会让男人感到无法接受，比起强势的职业女性，他们或许更加喜欢普通的白痴一点儿的主妇。

他借着这么一个理由，毅然决然地离开了。

只是我总觉得，那不过是他的借口罢了，不过是为离开找一个冠冕堂皇的理由罢了。把错误都推卸给了一个女人，一个爱着他的女人，然后他就可以带着无错的形象，了然地离开。

那么她呢?

“如果真的没办法接受，当初为什么不在分开后争取呢?”我倚靠在墙边，闭上眼睛不去看妈妈的表情，那会让我的情绪变得更加糟糕，“一年，两年……这些年，都是这样。”

和以前一样，哀伤着却还是过着这样的生活。忙碌着自己忙碌的事，以为这样就可以麻痹自己，可最后却是把全部的忧伤加重、再加重。

你又何曾问过我呢？

留我一个人在这里，爸爸已经不见了，我该怎么办呢？

“我不知道……我真的不知道，我只是……只是……”

“任我和你失去联系，任我躲开了家，任我做我想做的事，你又是在害怕什么？”

不说，不代表不知道。

不说，不代表不会去想。

沉默，有时也是明白一切的表现。

虽然我不全知全能，虽然太多的时候我都茫然着，但是，自从爸爸离开后，她对我不理不睬的原因，我想我是知道的。

她是在害怕吧？害怕从来都不干涉我的她，进入我的生活后，会让我无法接受，然后逃回那个人的身边吧？

她害怕我也会离开，所以不管我，任我做任何的事。

但是啊，但是……她又怎么会明白呢……这样的她，只是让我更加地想要逃离，更加想要从她身边消失啊。

我无法回到那个人的身边，就如我和他不再是从前那般的关系一样。他是我唯一的爸爸，我是他唯一的女儿，我回不去，而他身边的那个女人，也不会允许我去干涉、进入他们的世界。

这些，她又怎么会知道呢……

“明明害怕失去，害怕孤单，但是你却把全部的人都拒绝在自己的世界之外，一直都活在自己的世界里，从来不让其他人知道你在想些什么，你在做些什么。”我紧握着拳头，指甲扎在手心的肉中，“而我跟你一样，我们都是这样。我们都这样活着啊！”

有太多的害怕，太多的顾忌，所以软弱地将自己保护在壳中，躲避起来，好多东西都不敢去触碰，即使是再美丽、再向往的东西，再喜欢的人，都不敢去接近。

潜意识里强迫地告诉自己，不知道、不明白，以为这样就可以蒙蔽骗住自己了。

我忽然想到了车南轩，忽然想起了那份见到他时异样的心动，我下意识地将拳头抵在了胸口。

喜欢的感觉，明明是那么的明显，但是我却一再地回避自己的心意，不肯去面对。

而这样的我，和妈妈，又有什么区别啊……

女人哭泣的声音停止了，我能感觉得到她盯着我的目光是那么的凝重，那么的沉重。我不能睁开眼睛，有什么东西就充斥在眼眶里，只要睁开，全部的，就会显露出来。

“我……夏泽，你一直都在怪妈妈对你不理不睬吗？”

我摇头：“我很喜欢现在这样的生活，真的。可以沉浸在自己的世界里，其实也是很愉快的一件事。只是，我希望……我们都可以再坦然一点。至少……不要避而不见。”

我停停顿顿地说着，这样的话从前我有太多次踌躇着想要说。

但是逞强的自己，也太多次地将话咽了下去。

妈妈静静地听着，许久，我得到了她的答复：“好。”

她走到了我的身边，不高的身体就站在我的面前。她伸出手，将我的头揽到她的身边，她第一次拥抱我，我第一次感受到她的温度。

温暖的，安心的，却和常人都不一样。

那是她独有的。

“从现在起，我们再坦然一点。我们不再……回避。我们……”她哽咽了，话停在了一半。

我回握住她的手，接着应道：“努力地比现在更加幸福一点吧。妈妈。”

只要这样就好了。

只要这样就够了。

04

陪伴在妈妈的身旁，看着她渐渐睡着，而我却失眠了。

脑袋里翻来覆去地想着这些天所发生的事，我想到了金雅、想到了尹暮川，同时也想到了车南轩。想到了他在我离开尹暮川房间时，用力喊着，让我相信他的情形。

那个声音，此刻在寂静的屋子里，每个字都那么的清晰。

他在我身后不断地呼喊着我，而我却没有停下来，一刻一秒都没有因为他的话停下来。

脑海里忽然闪过他站在尹暮川门口凝视着我的目光，明明那个时候我没有去看他，但现在却能想象得出那个哀伤的神色，浓重得将我的心思一下子全部搅乱了。

我从被窝里爬了起来，一直跑到客厅里拿起了电话，然而手却停顿在数字键盘上，一个都按不下去。

以前，我一直都想知道，究竟我沉默到什么程度，那个离开的他才会来找我，但是到最后，我什么都没等到。

而现在，一瞬间我突然有些后悔，自己竟然连一个手机都没有，竟然连一个熟悉的号码都不记得。

谁都无法找到，所以谁都无法拜托，帮我找到他。

告诉他，我并非不相信他。

我只是，想帮助尹暮川。

因为追逐自己心中世界的他，和我那么的相像。

因为，我不想什么都感到无能为力。

“啊啊，笨蛋笨蛋，有什么废话明天回学校再讲嘛！车南轩又不会消失不见！”我胡乱揉着头发，急匆匆地回到房间，将自己扔到了床上，盖上被子。

明天醒来，去学校找车南轩，把全部都解释清楚！

没错，就这样。

好了夏泽，现在睡觉。

然而，真的醒来后，一切都会变好吗？

看着远处怎么叫都不肯停下来，全然一副没听见样子的车南轩，我忽然间傻眼了。

我刚喊他的时候他有回头看我，只是又迅速地转移开了视线，匆匆地走向另一边，一秒都不再停顿，匆忙得像是故意要回避我。

困惑地回到学生会，才打开门，我就看到了在房间里等着我的金雅。她一看到我就立刻凑了过来，语气充满了愉快的情绪：“夏泽你怎么来那么晚？你知道你错过了什么吗？我怎么都想不到，车南轩竟然会主动和钟离讲和，他让人打开了全校的喇叭，拿着麦克风站在操场上，承认自己从前花心的错误，让钟离原谅他，跟他和好哎。”

我一动不动地站在门口，看着金雅跑到我面前，脑袋在她话音落下后，轰的一下炸开了，有一种隐隐的疼痛从太阳穴一直蔓延向后脑勺，如同针扎一般一点一点地刺痛着。

“你说，车南轩和钟离……和好了？”

我是在做梦吧？

只是，只是分开一会儿……只是从昨天下午到今天早上罢了，我只是迟到了一个早读时间罢了，为什么事情就变得我理解不了了？

他不是说喜欢我的吗……他一直，都在我身边喊着，要我相信他的啊。

怎么我相信了，我决定告诉他我也喜欢他的时候，就全部都变了呢？

“对……对啊，你没看、看到那时候的场景……我看得都想哭了。”看到我神色异常，金雅有些慌神了，原本还算流畅的话结巴了，她的声音越说越轻，仿佛没了底气一般。

“所以……车南轩最后……喜欢的还是钟离？”

金雅这次不说话了，不见了先前的激动，她的目光紧紧地盯着我。我不知道为什么她的脸上蔓延起了一丝哀伤的表情，她僵硬地点头。

我的脸色有那么难看吗？明显到连金雅都看出来了？

我下意识地用双手扶住了脸颊，手指推着两边的皮肤，往上略微地提了提，想要让自己更轻易地露出笑容，却不知道最终出来的效果很糟糕。

“那就恭喜他吧，能找到自己真心喜欢的人。”

是啊，恭喜他吧。

也恭喜钟离吧。终于抓住了这缥缈的风，将它抓住，留在了自己身边。

我有些苦涩地勾了勾嘴角，心底酸涩的感觉油然而生。我无法克制它的移动，只能任它随着心脏的波动和血液的流淌向四周蔓延，充斥我的意识。

多好啊，刚才没有叫住他。

如果他停下来了，如果他听我说话了，那么什么所谓的相信、所谓的喜欢，都会变成让他发笑的理由了吧？

就算看上去再真实，玩笑最终还是玩笑啊。

我靠在门边，手紧紧地握着门把，冰凉的金属抵在手心，一点点地将温度相互交融。有了温度的东西，即使是假的，也会在错觉之中错愕地发觉，似乎拥有了生命一般。

“夏泽，我们，不说他们了好不好？我们……啊对了，我今天去图书馆帮你找来了很多小说哦，总是花钱买很浪费，我觉得这些不错，我们一起看吧，嗯，今天也没有什么特别重要的课……”

“不，我们今天不看这些。”

我不懂为什么金雅也跟着失措，她慌张地希望可以转移我的注意力，让我情不自禁地怀疑，这样的她是不是也感觉到了什么。

但是怀疑的话，并不合适现在去说。

我直截了当地拒绝了她的提议。

“难道夏泽还有其他想做的？也好，我陪你，我们……”

“我们去篮球队，找陷害尹暮川的人。”

“好，我们去找……夏泽？”金雅瞪大了眼睛，她难以置信地看着我，嘴巴也张得老大，“你不是说，不会管这件事的吗？你……”

“既然车南轩可以回头，我又为什么不能去帮尹暮川？”

“可是……”

“难道，你不想帮他重新回到学校，回到篮球队？”

“不是不是，我只是……只是觉得很奇怪，像是在做梦。”

我不语，快步地走到办公桌前，抓起一本书，然后走到她面前猛地拍了一下她的脑袋。

拍打的声音在这个封闭的房间里显得特别突兀，响得连我自己都有些担心，是不是下手太重了？

我清咳了一声，将打她脑袋的手背到了身后：“如果感到痛的话就不是做梦了。”

05

就和尹暮川所说的一样，没有人相信他，大家潜意识里都接受了那个叫廖安阳的话，认为尹暮川就是个不负责任、不合规则的篮球队队长。

在我和金雅刚到篮球室的时候，他们正在为了毕业前最后的比赛做着准备。我潇洒地一脚踹开了半掩的大门，双手交叉在胸前，做出了一个自认为看上去最为气势汹汹的姿势。

我并不喜欢高调，但此刻，我却希望以最嚣张的姿态出现。

大家停下了动作，目光纷纷拢向我。

随后我听到了篮球室内响起了惊呼。

但出乎意料的是，对方喊的竟不是我的名字，而是金雅！

“那个站在夏泽身旁的人就是金雅吧？”一个剃着板刷头的男生指着金雅，唯恐身边的朋友听不到，喊得特别大声，我想就算是在篮球室之外的人，也能大致听到他在说些什么。

“哦，我见过她啊。当初车南轩拉着一起上台的女生！”

“原来那个时候夏泽跑过来要找的人就是尹暮川！这种没良心的家伙，为了自己怎么可以那么狠心！连自己的女朋友都可以不顾及。”

“浑蛋，如果不是廖安阳告诉我们，我们还一直被这个恶劣的家伙蒙在鼓里！”

……

呃……这是什么状况？

我们是来找人算账的吧？怎么有种被人当动物园里的动物看的感觉？

情况不应该是这样的吧？

应该是我帅气地踹开大门，然后大呼一声“廖安阳你给我滚出来”，再当着大家的面，把他的诡计统统说一遍，不管他们相不相信，给他们作一番深刻的思想教育，让他们全面地了解到自己这么过河拆桥是完全不对的吧？

至少小说里、热血漫里，就算再烂俗、再狗血，不都是这么演的吗？

“他不是你们想的那样！尹暮川并不是没有考虑过我！”在我困惑之际，金雅已经无法再沉默了，她一步走上前，全然忘了对方的人数是比我们多出数倍，而且还都是男生。她双手紧握，大声地还击道：“他从一开始就告诉过我了，他只会追逐他的梦想，不会过多地理会我的心情。是我自己告诉他，我不怕受伤害，是我自己缠着他的！你们只知道听信那些谣言，你们根本什么都不明白，什么都不懂！”

“金雅。”我低声喊着她的名字，想要让她不要再说，这样只是在起反作用罢了。

大家的眼神都不对了，即使离得很远，我还是能够看得见他们眉宇间紧皱起的痕迹，是那种无形之中体现出的厌恶和反感。

可金雅，完全无法停下。

我只能这么听着她说，到最后，声音变得哽咽了。

“不是他的错，不是他……是我不听他的话，都是我一相情愿，都是我在给他添麻烦……都是我的错啊……他一直都在努力地追逐着自己的梦想，可以不眠不休，做着自己喜欢的事，你们可以吗？你们可以不休息、不停止地练习，一直到最后，发现连校门都关了，家都回不了了吗？你们会在之后整夜地继续打球，打到全身瘫软，躺在地上完全都动不了，但是第二天还是和你们一样，做着同样的训练吗？

“这样认真的人，这样执著于自己梦想的人，他用尽了全部精力去做你们无法做到的事，你们凭什么去说他不好？凭什么说他没有责任心……凭什么说他不把队伍和同伴放在心上？如果不把你们这些浑蛋放在心上，他早就离开这个学校了！以他的实力完全可以去更好的篮球队，而不是和你们这些根本和他不是一个层次的队员待在一起，面对不应该属于他的失败！”

我想，这些，我是真的都不知道了。我只记得，之前金雅有说过，她喜欢上尹暮川，完全是被他的认真、他追逐梦想的样子所吸引，但是从来都没想到，这种执著，竟已经到了一种疯狂的状态。

同样地，那些听得目瞪口呆的所谓的曾经的同伴，他们的表情无疑也在表示着对于尹暮川这种行为毫不知情，他们更加不会知道，有关于尹暮川曾经被其他学校挖墙脚的事。

原来啊……虽然只是表现出喜欢篮球，但是，他也同样地用一种大家都不知道的方式，守护着、陪伴着、甚至可以说是肯定着他的队友啊。

但是这样的人，这样自己从前想要维持的东西，却因为流言，因为被怀疑，因为愤怒与不信任，全部都崩溃了，消失得无影无踪。

这才是真正让尹暮川无法坦然地来学校的原因吧。

“他怎么样，都是你一面之词吧！我们都没有人看到，谁能证明你说的是对的？谁知道你是不是胡编乱造，在欺骗我们！”

然而，不愿意相信的人，即使被震撼到了，潜意识里还要不断地说着是假的，还要教唆身边的人，和他一样都保持着怀疑。

这样的人啊……

如果我没猜错，他应该就是廖安阳吧？

这个从我们刚进来提醒大家我身边的人是金雅，到现在让大家不要相信的人，就是廖安阳吧？

也只有这样的人，才能在这个时候，带着心虚的神色，装作理直气壮的样子大喊啊。

大家被他的话带动，私底下也在纷纷纠结着。

看到他们摇摆的样子，我这次终于伸开双手拉住了金雅的手臂，两手用力将她拖到了我的身边。

“我们走吧，金雅。这样，他们是不会醒的。”我低声说着，蓦地回头，却看到了两个熟悉的身影。离篮球室更远的地方，有一头亮眼的红发，在阳光的照射下显得那么刺眼。

“金雅，你没事吧?”钟离跑了过来，扶住了金雅，将她从我的手中拉了过去，用力地抱住了她，将她整个脸都贴向自己，我几乎无法看见金雅的表情。

钟离表现得仿佛很担心，很担心她的安危、她的情况。

可越是这样，就越是让人怀疑、让人茫然，她们何时感情已经好到了这样?

就在我不知道的时候，没有察觉的时候?

我看向远处始终都没有靠近的人，他双手半插在口袋里，面向一边盯着树梢，似在数着某一枝树干上究竟有多少片叶子。

最终章

恋爱吧，御宅少女！

01

如果没有办法证实廖安阳说的都是假话，那么也就代表尹暮川无法再被他的同伴相信。但是，证据又得从哪里找?

我翻遍了学生会里有关廖安阳的全部资料，但是无论从哪方面讲，他都是个普通的学生，根本看不出他有什么不好的目的，像小说、漫画中那样，侵略学校、称霸地球这样的说法更是不可能。

失措得没有方向。而金雅，则是不断地跟我说着，不要再插手了，我不知道她到底在担心什么，或者……是不相信什么。

因为车南轩告白的风波渐渐淡下去，大家都认为原先他和我只是开了一个玩笑，所以不再有人再拿我和他说事。我从包主任那儿拿回了恋人投诉信箱的钥匙。

比起从前斗志满满的心态，现在打开信箱的时候，我总有种浓重的无力感涌上心头，潜意识竟然希望一封信都不要出现。

到底是我变得懒惰了，还是自身发觉喜欢上一个人之后，无法再和之前一样，下定决心地分开他们?

在心里默念着“什么都不要有”，我深吸了一口气打开了信箱。但结果却不如我所想，一直空荡荡的信箱今天意外地躺着一封信。全白的信封干净得连一个花纹都没有，信封的正面，有一排贴着印有“夏泽收”字样的纸。

以前就算是再不愿意让人知道自己真实身份的人也只是不留下姓名而已，而我还是第一次遇到连信封上的字都是用打印纸贴的。

里面的信和预料的一样，字是纯打印的。一整张 A4 纸的大小，只有当中印有三行字。我错愕地发觉，信上的内容和投诉恋人一点儿关系都没有。上面是一个博客的地址，当中写着进入的密码，最后一行则是署名：

Ghost。

“Ghost？鬼？”我不禁打了个哆嗦，突然觉得自己是被人恶作剧了。将手中的信纸连同信封一起握成了球，我随手抛了几下，想要以一个漂亮的弧度将它扔进离信箱几米远的一个垃圾箱内，只是东西才脱手，我就后悔了，一个前扑，将纸团又抓回了手中，迅速地摊开。

反正闲着也是闲着，既然是恶作剧，那我就配合他一点儿，去那个博客看一下咯。

我将纸团揣进了口袋里，转身朝学生会的方向走去。

自从之前那次写策划不成，包主任还是放弃了让我从事文字工作的想法，那台全新的笔记本电脑也就一直放在我的书堆中，渐渐被埋在了最底层。

我挖了足足有半个小时，才将它从书中解脱了出来。

连上了校园的网络，我一个字母一个字母地敲上了地址栏，然后特潇洒地按了一下回车键。

啧啧，校园网真是慢啊，我等了差不多近五分钟才打开了这个网址，网页是干净的纯黑色，没有丝毫装饰，给人一种压抑阴沉感。我快速地敲上了密码，点击了“进入”。

这次网速快了一点儿，至少没有让我等上好几分钟，画面就转换成了博客的页面。

一如之前的黑色，这个人的博客里没有什么花哨的东西，用的只是普通的模板，简单地写着一些日记。因为页面只显示标题，不显示内容，所以要知道他写些什么，必须得不厌其烦地一个一个点开。

我第一个点开的，是最近的一个博文。

今天，她又做了过分的事。她似乎越来越把利用身边的人当做一种愉快的事。

很想告诉她，不要再这样做了，但是自己却找不到任何有说这番话的资格。

有时候很害怕自己会一时忍不住，把知道的全部都告诉别人，但这样她会再次受到伤害，我不希望这样。

G说，如果我再这样犹豫不决，他一定会私自解决全部的事。真的，不希望这样。

完全含糊得不知道他在说些什么，又在指哪些人。我茫然地按照博文时间一个一个打开，这些博文大体内容相似，我的心里不由自主地有了一丝莫名的恍然。

这个人的博客里，多次提到的G，似乎就是给我写信落款为Ghost的这个人。而博主，似乎是高三的学生，虽然我对他本人没有任何感觉，但是他文里数次提到的那个“她”，我却有种似曾相识的感觉。仿佛我身边发生的每一件事，都可以和她串联上。

他和她不会是我们学校的人吧？

我好奇地点了一下他的个人资料，没想到在基本信息一栏，他竟填上了自己的名字！

端木太阳……

我想起了之前两次，他总是欲言又止，很为难的样子，我的神经瞬间一紧，整个人都站了起来，椅子失去了平衡，“嘭”的一声巨响倒在了地上。

我合上笔记本电脑，抱着它就往外跑。

02

第三次的闯入，不同于之前两次，端木太阳仿佛就像是在这个地方等着我来找他。

当我把笔记本电脑放在他面前，打开，指着页面这个博客时，他却扬起了一抹很淡的笑，将一直掩埋在乱发和眼镜下的脸抬了起来，双眸透过镜片看着我，没有了反光，我这次终于注视到了那双漂亮的眼睛。

棕色的瞳孔有种接近于琥珀色的光泽，不似于戴上隐形眼镜的效果，清澈的目光是任何苦读高三的学生所没有的。美中不足的是他的双眼下有轻微的黑眼圈，微肿的眼皮告诉着人们，他最近睡眠很不好。

是不是因为那个她？

端木太阳是喜欢她的吧？所以才会全篇只谈论她一个人，所以才会在自己发现她做了那么多错事后，还是本能地想要偏袒她。

在看到他的一刹那，我想我已经完全确定，在他文字中所说的那个人是谁了。

“现在，能亲口告诉我，她是谁了吗？”

他无声地点头，然后低沉的声音响在了我耳边：“钟离。”

“告诉我，她到底做了什么我不知道的事？你和那个 Ghost 到底知道些什么？”

我一手拍在了笔记本电脑上，将它关上。我俯身将愤怒的目光直视向他，如果不是这么紧绷着身体，我很害怕我一放松，某些意志不坚定的地方，就会忍不住要颤抖了。

端木太阳扶了一下眼镜，将头移开了。

“她故意买通安琪琪身边的那些狐朋狗友，让他们以安琪琪的名义去教训车南轩，甚至将他打到骨折住进医院；她故意在车南轩的病床边放一面镜子，在你来到时故意询问车南轩一些有的没的话，只是让你可以讨厌车南轩，然后她就趁机再回到他的身边；她故意让同学把你骗出学农基地，让你迷路险些无法回来；她故意联合其他同学，污蔑尹暮川，然后通过他转而利用到金雅……因为你信任她，所以让她在你面前继续说车南轩的坏话，让你不要对他产生好感。"

端木太阳说得很慢，很平淡，但每一个内容却无法让我的心情平静。

全部的，这些日子全部发生的事情，不管是感到奇怪异样的，还是毫无察觉的，全部都被串在了一起，自己原本觉得随意的事，此刻都变成了被人愚弄，自己原本觉得可以信任的人，现在却是在过程中一直骗我、一直说谎的人……

而我却在一直安慰着她！

"那么，Ghost 是谁?"

如果这些人，都在我的身边。

如果这些人，都和我有关系。

那么……Ghost，也必定在我身边，在我所认识的那些人中。

端木太阳有些为难了，周围的朋友都不知所以地盯着我们看，那些眼神似乎让他一时僵硬得无法开口。

他迅速地打开了笔记本电脑，打开了页面，然后迅速地敲下了三个字。

车南轩

我的身边，同样被牵扯在其中的一个人。

"他的身份你应该知道。他是中途才转学进麦纳斯学院的。在他从前的那个高中里，有许多学生都拥有绝顶聪明的脑袋，和常人无法匹敌的能力。他们借助自己的长处和天赋在学校里到处捣乱，因为行踪不定，所以学校里都称他们为 Ghost。而车南轩在离开那所学校之前，曾经就是那群 Ghost 中的一个。”

这是资料中所没有记载的。

也是我可能永远都无法知道的秘密。

“你知道吗？夏泽，也许他从前很坏，但是他真的有尝试为你改变。和你撇清关系，重新去找她，也是因为害怕她会再来伤害你。而你怎么都不会想到，让他决定一个人解决全部的事情，把他逼到绝境，也是因为你的不信任。”

端木太阳重新合上电脑，站了起来，我恍然地发现，他其实也是个很高的男孩，我站直了也只到他的肩膀处。被他的身体挡住光线，阴影笼罩得我有一种不知所措的感觉。

“我想你应该不知道全部的事。不是他不想帮你们，而是不能。自从他被原来的学校驱逐，转学到这儿后，他就完全被学校禁止触碰电脑，更不允许他显现出任何的天赋，如果违反，他将要面对的是再度被驱逐。他们是在用一种绝对的方法，想要让一个天才变成普通的人啊。”

但是，活在优越中的人，不会甘于变成普通人。

他喜欢活在被注视的地方。

所以，他换了另一个方式，他选择用另一种错误的方式，让他回到从前的状态。

并不是没有良心，并不是真的想要伤害对方，他只是习惯地遵从着自己的生活态度，一个游戏的态度。

如果真的如同端木太阳所说的，车南轩在努力地改变自己，那么……

那些日子，那些死皮赖脸待在我身边，在学校里到处寻找我的他，是不是也只是希望我能瓦解他内心的一些失措与茫然呢？

他不是没有告诉我他的过去，相反，他一直在跟我说，告诉我他所经历的事，他把整个真实的他都放在了我的面前，但是……是我，是我一直沉浸在自己的思维世界里，是我从来没有把他说的话放在心上……

连他的挣扎都无法看到。

只是一味地逃避他，表现出无法信任他。

我无法克制自己去想象那天在尹暮川家时，车南轩看着我离开的眼神。

我从未回头啊。

我从未让自己真正地看到他啊。

“你所知道的，也是他告诉你的吗？”我干涩地问着，声音完全地陷入了无力。

“不，他不会告诉我这些。我从前和他拥有过相同的身份，也经历过同样的待遇罢了。”

我想我可以明白，那么一双漂亮的散发着光彩的眸子，为什么会让它被眼镜、乱发所掩盖，为什么会出现在书呆子中了。

因为，在那些条约下，他选择了屈服啊。

“你知道，在哪里我才能找到他吗？”不是庆幸没有把喜欢的话说出口，被他嗤笑，而是哀伤，自己曾经为什么会有那么愚蠢的想法，一直在心里作祟。

对面，是一片安静。

我静静地等着，在上课铃声打响的同时，他终于开口了：“如果你知道包主任现在哪里，那么，他就会在哪里。”

03

车南轩和包主任在一起？

我的脑袋一下子空白了，一种很不好的预感在胸口蔓延。

意识似乎是空白的，但双脚却是奔跑的，仿佛不受控制一般，只想找到我最终要去的目的地。

我快速地跑着，我想这还是我第一次如此用尽全力地奔跑，去追寻一个东西。

跑到包主任办公室所在的大楼前，我看到了早早就站在那儿的宿星。他站在门前，单手拦住了我。

“放开我，宿星！”我大喊着想要挣扎出他的臂弯，但是他就跟雕塑一般直立着，丝毫不肯退让。

“冷静一点儿，夏泽。你知道你现在要做什么吗?”

“我知道！我知道车南轩就在里面！你给我让开，宿星！”

从遇到他到现在，我还是第一次用这样愤怒的语气和他说话，这样对他大喊。我不敢去看他的脸，不敢去揣测他此刻的神色，太多的犹豫会让我更加无法下定决心，会让我离他更远。

我不要……我不要……

我要告诉他，我喜欢他啊，我相信他啊。

所以，不要去做那些多余的事，不要做你不想做的事……

这样才是真的让自己陷于更深的不幸啊！

“抱歉，夏泽。这件事，我无法退让。”宿星委婉地拒绝了。

“真的不让了?”

“是的。”

我往后退了一步，然后转身向一边又走了几步，挪到了办公室所对的窗口，面向它，然后将手放在嘴边作喇叭，我做了我这辈子或许最疯狂的一件事。

“车南轩，你给我滚出来！你再敢躲在里面，我就到处说你坏话，把你从前做的坏事都说出去！让女生不敢再喜欢你！”我扯着喉咙，用我最大的声音对着窗户的方向大喊。话音还未落下，我就听到了窗户猛地被推开的声音，有一个身影双手撑在了窗沿边，将半个身子都探出了窗外。

亮眼的红发恰到好处地裸露在阳光下，他仿佛天生就适合这样一种醒目的颜色，充满了活力，充满了生机，充满了我所向往的一切，让我想要像追随太阳一样，面朝向他。

“夏泽？你怎么会……”

“你给我听好了车南轩，我只说一次。我，夏泽，喜欢你！我可以不相信任何东西，但是唯独你，我想全部地信任！你听到了没有?!”

如果是从前的我，我想我永远都不会相信，自己有那么一天会站在楼房下，在这种充满喜剧性又窘迫的场合下，像个神经病一样，对着一个男生大喊，说喜欢他。

窗口的人呆住了，我看不清他的表情，却能感觉得到他睁大眼睛的脸上满是呆滞。

他停顿了两三秒，脚干脆也踩上了窗栏，似乎要从窗口跳下来。

我一惊，愕然地再喊不出声了。

他在干什么？不会是要跳楼自杀吧？

就在他的脚即将迈出窗口的时候，一双手从他身后猛地将他拉了下来，他身体向后倒去，摔进了房间。

啊……他没事吧？

那只手……不会是包主任的吧？

糟糕，我刚才脑袋一热，全然忘了我这些话喊出去，他能不能生还着从包主任的办公室走出来都还是个很大的问题啊！

不安地盯着空无一人的窗口，我整颗心都提到了喉咙口，紧张得好像快要无法呼吸了。

我果然还是要上去吧？这么站在下面可不是办法啊！

我迅速地在脑袋里构思着各种各样可以引开宿星的方法，不过越是关键的时候，我的脑袋越是不好使，想到的东西不是太简单就是太不符合实际。

慌张之间，我听到了有大门被用力推开的声音，闻声望去，我看到了楼的大门口，车南轩正气喘吁吁地双手撑在膝盖处，目光紧紧地盯着我，但因为呼吸不畅而使得他的眼神变得有些狰狞了。

宿星不知何时退到了一边。他一如既往地对着我微微弯起了嘴角，伸手在空气之中做了一个抚摸的姿势，然后转身走进了楼房里。

“你说的都是真的？这些都是你的心里话？”

虽然我很想跟他开开玩笑，故意假装出只是戏弄他的样子，但最后我还是没办法轻易地笑出声，只能无声地点头。

随后，我看到了他脸上蔓延起的笑，他的双眸都弯成了细细的月牙。

尾声

我从来都不知道，车南轩竟然会是那么疯狂的一个人。

与钟离和好竟然是为了借机从她手上拿到更多对于廖安阳不利的线索，通过这些线索，加上他自身的天赋和超高的技术，侵入各个廖安阳曾经就读学校的内部资料库，找出了全部对他不利却没有外流的资料。

通过这些资料，他跑去和包主任作交换，要求还尹暮川一个清白，让他重新回篮球社。

但是，他也的确是把自己送到了枪口上。

因为他违背了当初和学校的约定，不再触碰电脑做这些不合理的事。

“我也不过是想速战速决罢了。既然端木太阳不肯这么做，只有我去做咯。反正到最后以钟离的家世，就算廖安阳乱说什么，包主任也不敢把她怎么样。”

这是车南轩的解释，随意而又简单。

没有一句含有挣扎想法的话语。但我不相信，在这么一个过程里，他丝毫没有犹豫过。

“其实我也是在打赌啦，把信放入投诉信箱之后，我就一直在想啊，你会不会出现呢？如果你最后还是讨厌我，不肯出现，那或许在我被逐出学校之后，我们就不会再见了。”

但是，终究我还是来了。

但是，终究车南轩还是没有被退学。

我不知道他和学校又签订了什么协议，保住了他。

不过，这跟那天包主任为什么最后会允许车南轩下来找我的原因一样，都成了他回避的话题，每次当我好奇地问起时，他都会沉默不语，或者装傻，或者故意跟我扯开话题。

不过既然他不愿意说，强行问出口也没有意义。我只好闭口不谈，不再说及此事。

而钟离，虽然她没有选择离开，但整个人都和原来变得不一样了。

不管站着、坐着，她总是一个人。于是车南轩开始整天教唆端木太阳，让他试着大胆地接近钟离。

端木太阳俨然把车南轩当做了恋爱顾问，完全无视了我这个专门挖恋人墙脚的家伙也坐在他旁边。

至于金雅，我不明白，为什么钟离都没有选择离开，而她却要转学，一切都安安静静的，没有留下痕迹。甚至没有亲眼看到尹暮川被证实清白，没有看着他回到篮球队。

她消失得干干净净，仿佛学校里从来没有存在过这么一个人。

我时常会有种莫名的茫然，只有在看到尹暮川独自在篮球场上不断练习的身影，才会觉得原来金雅曾经存在过。

“她从前，也经常在这里看你吧?”

我站在篮球场上，看着里面的人。他没有因为我的问话停下来，而是继续做着运球、三步，然后上篮的动作。

脱离手掌的球迎向篮筐，稳稳地落进去，然后落在地面，敲出“嘭嘭嘭”一声声的巨响。

身边更加寂静了。

“嗯，就站在你右边一点的位置。”尹暮川淡淡地开口了，他捡起了篮球，一下一下地在地上漫不经心地拍打，“她以为自己躲藏得很高明，我不会看到她，但其实每次她只要刚出现，我就会发现她。”

每个人的事，只有每个人的心里自知。

我并不想窥视谁的内心，因为再听到无知的事时，我会更加的茫然。

“当有很在意的事时，可以完全忽略她的存在。但是当身边全部都安静了，全部都不见了，就忽然觉得都不习惯了。”

他手中的篮球还在“嘭嘭嘭”地敲击着，却无法掩盖住他的声音。

人们总说，重要的东西，往往都在失去后才会真正地后悔。

而后悔并不代表自己一定会为之努力，去挽回那些失去的东西。

我悄然地离开了篮球场，远远地还能听到篮球的声音，它从未停止，我想今夜，或许也不会停止。

从口袋里掏出了新买不久的手机，我快速地拨打了一个我很熟悉但几乎未拨打过的号码。

电话在嘟嘟了几声后，总算被接了起来。

“真巧啊小泽，我还准备打电话给你呢。”电话那头的女人通过来电显示已经知道了我是谁，弄得我想装次神秘都不成。

“妈，你要找我？有什么事?”

“哎，还问我什么事。你不是知道的嘛，嗯……就是那个叔叔啊，他今天要来我们家吃饭，所以你……”

“哦，你让我来捣乱对不对？放心，赶走死皮赖脸的恋人我最在行了，保准你……”

“夏泽！”电话那头的女人连忙打断了我，“妈妈是说认真的呢，记得早点儿回来吃饭，听到没有？到时候你敢乱说什么，我就立刻让包主任赶你回教室读书！”

“啊……被你捉到软肋的感觉真是不爽啊。”抱怨了两句，我懒散地挂断了电话。而短短几分钟的通话时间里，我竟收到了四条短信，而这些短信均来自同一个人。

车南轩！

他难道是话费太多了，所以才要每天发那么多全部是废话的短信给我吗?

像“你在哪里”“你别总装死呀”“我果然该来袭击你”“你给我待在原地别动”这样毫无意义的废话，我每次看到均一律无视。

我照样走我的路，脚步一如既往的轻盈潇洒。

然而今天，当我看到最后一条彩信时，我再也没办法无视了！

彩信里的照片竟然是恋人投诉信箱！这个家伙没事在恶搞什么?居然用黑色的马克笔把上面的“投诉”两个字打叉画掉，在一旁用龙飞凤舞的字写上“咨询”二字。

几个字连在一起就是——恋人咨询信箱！

我咬牙切齿地掉头就往投诉信箱的方向跑。我还未看到信箱，远远地就看到车南轩站立的身影，他装得像领导似的，用从容的微笑面对我，不停地朝我招手，亮红的发像燃烧的火焰，耀眼而嚣张。

“车南轩！你是皮痒找打吗?”

“哈哈，不这么干你怎么会那么快速地出现嘛。”他委屈地眨眨眼睛，动作敏捷地躲开了我要抓他的手，站到了我的身后，将大手稳稳地落在了我的脑袋上方，得意地乱揉。

“浑蛋！谁允许你把信箱名字改掉的！”

“难道你不觉得‘恋人咨询信箱’这个名字比之前什么投诉信箱看上去顺眼多了吗？干脆就这样吧，会长大人！”

“什么叫‘就这样’?”

“嗯……我让人明天再送个新的信箱过来。”他完全无视我的话，自顾自地说着，一副特别认同自己想法的样子。

好吧，我承认了，这个家伙的确是皮痒了。

他不是等着被我打，就是等着被包主任追杀！

“你要找死就闪开，不要拖累我。”

我瞥了一眼被改了字的信箱，猛地踩了一下他的脚，连忙推开了他，然后高傲地抬起头，扭头就走。

我能想象得到身后车南轩抱着被我踩疼的脚直跳，嗷嗷大叫却又想拉住我的窘样。

只是这么想着，我就忍不住扑哧地笑出了声，那些顾虑也随着笑意顷刻间消散不见了。

被包主任追杀也好，被惩罚也好，怎么都好，无论最后发生了什么样的事情，他都会迎刃而解吧。

所以，最终，这些混乱的事都会变成幸福吧?

所以……

这样就好。

这样便够了。

这便是我遇见他、喜欢上他的意义了。

后记

你们好，我是翼。感谢各位能看到这里。

嗯，关于这个故事，在很早以前我就在想，众多小说的目标就是恋爱，那么如果以阻止恋爱为开头，又会是什么样的呢？

于是《恋人投诉信》就诞生了。

这篇可以算我为数不多的纯校园长篇，和《天才恶男大联盟》正好属于同一个系列。因为没有魔幻的设定，所以写的时候让我相当纠结，不过幸好最后还是顺利完成了，先自己欢呼一个。

想写一个害怕爱，害怕失去，将自己封闭在一个独立的空间，却还是不愿意接受孤独的女主，以及一个高调、不为任何事认输臣服的男主。女主是个很强势的角色，她的性格来自家庭，可是文里总觉得关于她家庭的事写得很烂俗，唉……有性格的角色写着的时候很愉快，虽然我总是觉得女主最后还是傻了，一点儿都不觉得她聪明……

至于男主，其实在《天才恶男大联盟》的时候我还挺喜欢他的，可是到了这本……我每次写他的时候都恨不得给他两拳……喂喂，这家伙还是我手下的男主吗？为什么我第一次觉得男主那么欠揍？好吧……果然花心大萝卜是个让人很讨厌的设定啊！但最后能够按照设想以幸福结局完结，还算控制住了。

天知道我多想写悲剧，就像金雅和尹暮川那样的。哈哈！不过看类型都知道这是没可能的了。

废话没有多少，就此完结吧！

以上，多谢观看！

我们下本再见咯！

沫小翼

2011 年 4 月 25 日

战国美少年华丽变身现代学园花美男！

再续《终极三国》风靡热潮！

妖冶美男倾巢而出，带来史上最强七班争霸！

看花样王者在终极战国学园里上演绝密爱恋！

命中注定的结局，最终能否超越一切束缚，为爱改变？

萌爱季最新主推大作《极道战国私房爱》即将华丽上市！

内容介绍

从小被家里当成男生养大的韩非，迫不得已前往一所十分偏远的战国学园报到，在途中却被身穿古装校服的妖孽男误会成是男生，从此被安排住进一等男生宿舍“咸阳宫”。

怨念不已的她，每天都在以战国时代风格为主的学园里被学生会主席嬴政折磨……

看着嬴政统一战国学园的大业，身为韩班武将的韩非陷入了迷茫，而在他冰冷的眸子下，那神秘的身世，却又将韩非吸引……

被当做是男生的韩非能不能在这纷乱的战国学园里收获爱情呢？

弈雪悠然·著
这将是一个新的时代！
属于女孩的女权时代！
花美男专卖店
House
Franchise
Pretty Boy